나무가 들려주는 이야기

# 나무가 들려주는 이야기

— 이순혜 수필집 —

정출판

누가 물었다. 거기서 무엇을 하느냐고. 내 대답은 '그냥'이었다. 갈 데가 없어 헤맬 때, 그냥 하나를 가만히 바라보고만싶을 때, 나무를 찾았다.

아주 오래된 느티나무 아래 서너 시간을 머물렀다. 처음에는 잔잔하다가 천둥과 태풍이 몰아치기도 했다. 그러다 따스한 햇볕이 온몸을 감싸기도 했다. 나무 아래 있으면 온갖 그림이 다 떠올랐다.

유년의 시절로 데려가 기억의 주머니를 탈탈 털어내고 부끄럽거나 그리움 같은 것이 몽글몽글 맺혔다. 몇백 년의 시간을 단숨에 내달리다 보면 거기에는 많은 것들이 있었다. 우리네 어머니, 어머니들의 삶이 고스란히 나이테에 박혀있었다. 나무에 따라 장소에 따라 불같이 일어난 민초의 뜨거움도 있었고, 가위바위보 놀이하며 아까시 잎을 따던 고향 친구도 있었다.

마음을 내거나, 책장을 넘기다 무심히 발견한 나무에 귀를 기울였다. 그들의 이야기를 묵상하고 조곤조곤 풀었다. 나무는 가지를 흔들며 내 어깨를 도닥거렸다.

감히, 그들에게 사람의 이야기를 바친다.

두 번째 수필집을 묶으며 작가의 무게에 짓눌렸다. 허술한 데가 있지 않을까 싶어 미루고 또 미루었다. 그런데도 내 글의 한 부분을 뽑아 손 글씨를 써준 친구 숙이에게 감사의 말을 전한다. 그리고 늦은 시간 불 밝히며 기꺼이 외로울 수 있었던 작고 소박한 내 영토에 이 책을 바친다.

못 본 나무가 더 많다. 그들을 찾아 다시 떠날 날을 기약한다.

2023년 봄,
교차로가 내려다보이는 작은 공간에서
이 순 혜

차례

# 자작 자작 봄이 오는 소리

# 삶을 자작하는 숲에 들다

겨우내 사납게 휘몰아치던 바람이 제풀에 지쳐 순해질 즈음, 때를 노려 땅속에서 생명이 꿈틀거린다. 무포산 나무들도 하나씩 깨어나 물기를 빨아올린다. 청송군 피나무재의 자작나무 숲에는 벌써 봄이 와 있다.

마음이 가고 소리가 나는 데로 걷다 보니, 어느새 자작나무 숲에 들었다. 새하얀 수피를 찢고 나온 나뭇가지가 손을 내민다. 손가락 하나 정도의 굵기와 서너 개를 합쳐 놓은 굵기가 서로 어긋나게 자라고 있다. 찢어지고 해진 수피에 손을 대자 바스락거리며 껍질 하나가 떨어진다. 숲에는 생각하는 것도 소리로 들린다. 쭉쭉 뻗은 나무들 사이로 자작자작 소리가 들려온다.

자작나무는 다른 나무와 경쟁하는 것도 싫은가보다. 그네들만 쭉쭉 뻗어 키를 자랑한다. 자작나무는 싹을 틔운 후

10년까지 1년에 1m 이상씩 자란다. 바람이 불면 길게 늘어진 나뭇가지는 채찍으로 변해 경쟁하는 나무의 수관을 때린다. 그러면 주변의 나무는 머리 부분이 날아가 성장하기 어려워진다. 그래서 독불장군이라 부르기도 한다. 참 이기적이다. 그런데 자작나무는 어미나무의 도움을 받지 않고 홀로 제 키를 키운다. 나무껍질에 하얗게 파인 상처가 안쓰럽기까지 하다. 햇빛을 좋아하는 자작나무는 다 자란 성목이 되면 그제야 밝은 그늘이 되어 도움을 준다. 그렇지만 저돌적인 자작나무는 짧은 생을 사는 것으로 그 대가를 치르기도 한다.

지난겨울, 자작나무는 그리 두꺼워 보이지 않는 새하얀 껍질로 잘도 견디었다. 껍질은 종이처럼 겹겹이 쌓여있다. 겹겹이 두른 껍질에는 기름 성분이 들어있다. 살아남기 위해 두른 옷이 사람에게 용하게 쓰인다. 오래된 무덤이나 유적에서 발견된 자작나무 껍질에는 문자가 생생하게 살아있다. 그래서 하얀 껍질은 시인의 종이가 되어 고향의 골목을 서성이고 화가의 도화지가 되어 산을 그리고 강을 담기도 한다. 때로는 사랑을, 때로는 당부를, 때로는 다짐을 쓴다.

발 앞에 떨어진 수피 한 조각을 들었다. 낡고 흐트러져

2021 · 청송군 자작나무 숲에서

나무가 들려주는 이야기

볼품이 없다. 비뚤비뚤 모양이 흐트러진 것은 삼십 년 전 기억의 한 조각과 마주한다. 결혼을 앞둔 며칠 전, 어머니는 내게 편지 한 장을 건넸다. 까만 줄이 선명한 종이에 또박또박 눌러 쓴 편지는 시집가는 딸에게 보내는 당부의 글이었다. 어머니는 평소에 아버지에게 무뚝뚝한 아내였고 딸에게도 살가운 엄마가 아니었다. 그런 어머니가 쓴 편지를 나는 잽싸게 한 번 읽고 금방 잊어버렸다. 콩깍지를 뒤집어쓴 딸은 제 갈 길이 바빠 편지의 행간에 숨어 있는 정을 찾지 못했다. 제대로 읽지 않았던 나는 지금껏 어머니의 사랑과 당부를 미루어 짐작할 뿐이다.

결혼식 올리는 것을 화촉(樺燭)을 밝힌다, 라고 한다. 한자를 가만히 보면 화촉의 '樺' 자는 자작나무이며 '燭'은 등불을 말한다. 자작나무 껍질로 만든 초로 새롭게 출발하는 한 가정의 앞날을 밝힌다는 뜻이다. 또한 1500년 전 신라 사람들이 그린 천마도도 자작나무의 껍질에 그린 것이고. 팔만대장경 판의 일부도 자작나무 껍질로 새겼다고 하니, 기록문화를 꽃피운 나무라 할 수 있다.

자작나무는 추위에도 강하다. 영하 20~30도의 혹한을, 새하얀 껍질 하나로 견딘다. 보온을 위해 껍질을 겹겹으로 만든다. 나무의 근원인 부름켜가 얼지 않도록 지켜가며 원통 모양의 열매를 맺는다. 그렇게 견디다 수피 하나를 떨어뜨리기도 한다. 나무껍질은 광택이 나는 흰색이다. 하얗다는 것, 얇다는 것, 그래서 누군가는 자작나무 껍질을 보면 무언가를 쓰고 싶어진다.

백석 시인의 고향인 평안북도 정주에는 모든 게 자작나무로 둘러싸여 있었다. 산골 집의 대들보도 자작나무요. 기둥도. 문살도. 심지어 메밀국수 삶는 장작도 자작나무였다. 시인은 자작나무를 보며 시어를 다듬고 생각을 정리했을 것이다. 나는 오늘 청송군 피나무재에서 자작나무를 마주했는데, 자작나무처럼 자작자작 시를 읊는 시인이 될 수 있을까.

피나무재를 떠나는 걸음에 함께 하는 것들이 좋다. 한 걸음 먼저 나선 봄바람이 마음의 온도를 데워주고, 춥다고 움츠렸던 몸이 숲에서 기지개를 켤 수 있게 해 주었다. 새하얀 몸통의 나무를 만나 나의 생을 돌아볼 수 있음에 감사하다. 그리고 오래전 잊어버렸던 어머니의 그리움 한 가닥 불러와 주었다. 나를 사람 되게 한다. 자작나무 숲이.

나무가 들려주는 이야기

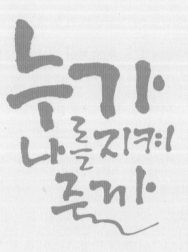

누가 나를 지켜줄까

# 마음 어귀에 음나무를 심고

봄꽃이 다투어 망울을 터트릴 기세다. 고향마을 곳곳에
도 이미 복숭아나무가 발그레한 꽃눈을 내민다. 마당 한쪽
에 서 있는 음나무도 가지 끝에 봄을 머금었다. 하나도 꾸
밈이 없는 봄 햇살이 음나무를 비추고 그 가지에 뭉게구름
한 점 걸려있다. 땅과 하늘과 나무가 봄을 맞아 그려낸 한
편의 수채화이다.

4월은 꽃들이 저마다 아름다움을 폭로하는 때다. 그런
데 꽃도 아닌 나무에 눈독을 들이는 이가 있다. 한 철, 한 끼
의 밥상에 오를 음나무의 새순을 기다리는 옆집 뒷집 아낙
들이다. 어머니는 순식간에 활짝 피는 새순을 기다렸다가
한 소쿠리 푸짐하게 딴다. 새순을 뜨거운 물에 잠깐 데쳐
꺼낸다. 푸른 냄새가 뒷집 담장을 넘어가 이웃의 입맛도 돋
우었다. 두레 밥상에 올랐던 새순은 두고두고 우리 집을 대

표하는 맛으로 불리었다.

쌉싸래한 맛은 잃어버린 입맛을 살린다. 음나무, 오갈피, 두릅나무 새순은 겨우내 잃어버린 입맛을 돋우는데 으뜸이다. 사람마다 선호하는 것이 다르겠지만, 추운 겨울을 견디면서 몸이 푸른 기운이 아주 고팠기에 나는 음나무의 새순을 유난히 좋아한다. 상큼한 맛은 겨우내 움츠렸던 내 몸의 봄을 깨운다.

음나무 새순은 뜨거운 물에 살짝 데쳐 초고추장에 찍어 먹는다. 쌉싸래한 그 맛은 중독성이 강해 두고두고 먹고 싶지만, 일 년 내내 푸른 새순을 데쳐 먹기는 어렵다. 짧은 봄 날에 도둑눈처럼 왔다가 사라져 들뜬 입맛의 여운이 오래 남는다.

음나무의 가지도 귀하게 대접받는다. 거칠고 투박한 나뭇가지 한 줌을 꺼내 대추 서너 개를 넣고 달인다. 달인 물을 꾸준히 마시면 피가 맑아진다. 정혈작용에다 또 뇌 기능을 활발하게 하니, 음나무는 사람에게 참 이로운 나무이다. 무엇보다 마늘, 양파, 된장과 음나무를 넣어 푹 삶은 돼지고기는 보양식으로는 으뜸이다.

음나무는 가시가 엄(嚴)하게 생겨서 붙은 이름이다. 새

2021. 4

텃밭, 옻나무

순은 쌉싸래한 맛을 내기 때문에 사람과 동물의 먹이가 된다. 그래서 잎을 보호하기 위해 굵고 험상 맞은 가시를 촘촘히 달고 있다. 또한, 음나무의 가시는 악한 기운을 쫓는 벽사(辟邪)의 기능이 있다고 한다. 그래서 옛사람들은 빼곡한 음나무의 가지를 문설주에 두기도 하고 마당 대문 곁에도 심었다. 가시를 사납게 세우고 섰으니 수문장으로 이만한 나무가 또 있을까 싶다.

음나무를 마을의 수호신으로 여긴 곳도 있다. 삼척시 근덕면 궁촌리에 있는 나무는 무려 1천 년을 한자리에서 살아왔다. 고려의 멸망사를 지켜본 나무로. 공양왕의 마지막 순간을 목격하고 지금까지 한자리를 지켰다. 역사의 묵묵한 목격자인 셈이다.

고향 집을 지키는 나무도 음나무다. 예쁜 꽃을 피우지 않고 나비 불러들이는 향기는 뿜지 않지만, 나무로서 단단히 한몫한다. 담장 옆에서 뾰족한 가시를 세운 채 악한 것들이 집 안에 들어오지 못하게 늠름한 모습으로 지키고 섰다. 달이 이울고 별들이 깊은 잠에 빠지는 숱한 날을 함께하면서 어머니의 죽음을 목도하고 몇 해 지나 아버지의 죽음까지 지켰다.

생명 있는 존재는 사람의 호흡과 함께해야 한다. 붙박이로 있는 물건도 매한가지다. 비어 있는 고향 집을 매번 둘러보면서 살 비비며 정을 나누지 못해 미안했다. 고민의 시간을 보내고 새로운 주인을 찾아 주기로 했다. 이런저런 이유로 고향 집을 처분해야 한다는 것을 합리화시켰다. 그런데 딱 하나 마지막까지 놓지 못한 것이 바로 대문 곁 음나무였다. 한 집안을 지키던 수호신을 잃는다는 느낌이 들어서다. 서운함보다는 나를 누가 지켜줄까 하는 허전함이었다.

몇 해 전, 나무 시장에서 음나무 두 주를 샀다. 햇볕을 좋아하고 잘 자라는 나무이기에 텃밭 입구에 심었다. 한 계절이 지나고 나무는 한들한들 바람에 흔들리며 연둣빛의 새순을 달고 내게로 왔다. 경이롭다는 말이 이런 건가 보다. 그냥 며칠 동안 음나무 곁에서 서성거렸다. 솜털 같은 잎이 하루가 다르게 쑥쑥 자라는 것을 보면서.

음나무의 이름을 가만히 불러본다. 나무를 부를 때마다 달라지는 것은 없다. 그러나 각 사람이 가진 추억의 모양이 다르기에 기억의 색깔은 차이가 있을 수 있다. 남쪽의 꽃소식보다 먼저 찾아올 쌉싸래한 음나무의 새순은 어머니, 아버지와 함께한 그리운 맛이다. 이제 겨우 한두 개의 새순을

나무가 들려주는 이야기

피워 올린 텃밭의 음나무는 내가 피워야 할 내일의 맛이 될 것이다. 그렇게 내게 주어진 오늘을 채우면서.

봄이 오면 텃밭으로 달려간다. 언제나처럼 음나무의 가지들이 기지개를 켜며 쑥쑥 자라고 있다. 그 모습을 가만히 훔쳐본다. 나무가 내게 말하는 것 같다, 나는 항상 이 자리에 그대로 있다고. 그래, 내가 두 발로 서 있는 나무 곁으로 가면 되는구나. 모든 것이 마음먹기에 달렸으니까.

알고 보니, 나는 마음 어귀에 음나무를 심었다. 내 안으로 나쁜 것들이 들어오지 못하게….

3

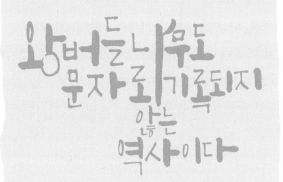

왕버들 나무도 문자로
기록되지 않는 역사이다

# 왕릉을 지켜보는 왕버들나무

경주 낭산(狼山) 골짜기에서 바람이 불어온다. 바람은 왕릉을 한 바퀴 휘돌아 넓은 들을 쓰다듬는다. 명지바람은 농수로를 가로지르는 작은 다리에 머물다가 그 다리를 건너 풀꽃들에 손을 내민다. 코끝을 스치는 쑥, 명주꽃, 냉이의 향기는 연둣빛으로 물든 들판에 향긋한 지문으로 남는다.

오늘은 보문동에 위치한 진평왕릉을 찾았다. 경주의 고분을 시시때때로 보았지만, 웅장함보다는 온화한 느낌이 든다. 호석이나 둘레를 친 돌난간, 문인석, 무인석 등 왕릉을 수호하는 석물이 없다. 그래서일까. 팽나무, 느티나무, 회화나무들이 도열해 왕릉을 지킨다.

나무는 그들만의 간격이 있다. 너무 가깝게 있으면 햇볕을 더 많이 받기 위해 경쟁을 해야 한다. 몸피를 튼실하게

2021. 3
진텡덩릉랑게문
Lee

채우는 것보다 가지를 위로만 뻗으려 한다. 멀어서 더 아름다울 수 있는 나무이다. 왕릉과 조금은 떨어진 곳에서 왕버들나무가 두 눈 부릅뜨고 서 있다. 천년의 시간을 넘게 자리를 지키고 있는 늠름한 왕버들나무다.

왕버들나무는 농수로를 끼고 우뚝 서 있다. 나무의 키나 가지 퍼짐이 곡진했던 시간을 말해준다. 나무의 줄기는 껍질이 깊게 갈라지는 왕버들의 특징을 그대로 보여준다. 그런데 나무 몸통의 원줄기는 점점 쪼그라들고 새로 난 곁가지들이 어제와 오늘이 여기서 공존한다.

왕버들나무의 밑둥치와 몸피가 빚어내는 기묘한 꿈틀거림은 진귀하다는 표현이 어울린다. 한 겹 쌓고 한 겹 내주는 몸피는 용트림하듯 하늘로 치솟는다. 밑둥치가 땅속 물줄기를 찾아 뿌리를 내리면 봄의 전령이 일어나 기지개를 켠다. 왕버들나무는 사부작사부작 몸피를 불린다.

농부에게도 왕버들나무의 보살핌은 기껍다. 끝없이 펼쳐지는 지평선을 둘러보는 나무는 농부의 마음까지도 다독인다. 노동에 힘든 농부의 시름과 고통을 잊지 않고 씻어준다. 봄이면 봄바람을 몰고 와 겨울잠을 자는 들판의 땅을 깨우고, 여름이면 뙤약볕의 그늘이 되고 비바람 몰아쳐도 꿋꿋하게 견딘다. 가을이면 마침내 황금 들녘을 같이 바라보는 기쁨을 누리기도 한다.

버들나무는 물과 친근해 주로 물가에서 자란다. 물을 좋아하는 나무는 이름도 다양하다. 가지가 부드러워서 부들나무 이였다가 버들나무로 바뀌었고, 나무, 잎과 가지가 용처럼 뒤틀리며 자란다고 해서 용버들, 전라도 사투리가 갯버들꽃이라는 이름을 가진 버들피리에 쓰는 갯버들, 그리고 깊은 달밤 물가에서 머리 풀어 헤친 것처럼 보이는 능수버들이 있다. 왕버들은 능수버들이나 수양버들처럼 가지가 하늘거리며 땅으로 처지지 않고 하늘 향해 우뚝 서자란다. 굵기 또한 오랫동안 잘 자라 웅장한 멋을 지닌 나무이다. 사람들은 버들나무는 정자나무로도 손색이 없어 당산나무로 모셨다.

나무는 우리네 이야기 곳곳에 등장한다. 예로부터 우리의 이야기에도 나무를 소재로 하거나 그것을 이용한 이야기가 많다. '해와 달이 된 오누이'가 호랑이에게 쫓기다가 급하게 도망간 곳이 우물가 버들나무였고, '토기와 거북'에서 토끼가 나무 밑에서 쉬다가 잠이 든 곳도 떡갈나무였다.

고향마을 동네 우물가에도 왕버들나무가 있었다. 주말

이면 어머니들은 빨랫감을 들고 와 빨래를 했다. 두꺼운 옷은 빨랫방망이로 두들겨 땟물을 벗겨냈고, 방망이에 실컷 두들겨 맞은 겉옷은 나뭇가지에 척 걸쳐져 한 방울 한 방울 물기를 쏟아냈다. 어머니들은 자식들의 속옷은 손으로 조물조물 치대며 정성을 다했다. 친구들과 온 동네 골목을 쫓아다니다 우물가에 가면 용하게도 나뭇가지에 걸린 옷들이 가벼워질 때다. 어머니들은 빨래를 주섬주섬 담고 어린 자식들의 손을 잡고 집으로 갔다.

곁에 있다는 것은 공존이다. 같이 한다는 것은 어디에 가거나 무엇을 하든지 늘 따라다닌다. 기억의 곳간에 자리 잡은 우리들의 나무 이야기는 덜어내고도 또 쌓이는 화수분과 같다. 물을 좋아하는 버들나무 아래에는 어머니, 그 어머니들이 모여 앉아 내일을 퍼 올리는 장소였다. 또한, 옛이야기에 자주 등장해 우리를 울렸고 웃게 했고, 심지어 두렵거나 영험하기까지 하여 두려운 존재이기도 했다.

버들나무의 왕이라서 왕버들나무이다. 천년의 시간을 견디며 모든 것을 받아주느라 지쳤을 텐데, 왕버들나무의 위엄은 변함이 없다. 왕버들나무는 이곳에서 눈과 귀를 열어 백성의 한숨과 고달픔을 살폈다. 넓은 들의 곡식도 왕의 보살핌이 닿을 수 있게 살폈고, 기원하는 손짓을 하늘로 향했다.

왕릉만 역사인가. 비가 오나 눈이 오나 바람이 부나, 꿋꿋이 왕릉을 지켜온 왕버들나무도 문자로 기록되지 않은 역사이다.

4

내 유년의 오얏꽃 대궐

# 유년의 봄

 

하늘이 참 맑은 날, 바람 한 자락에 꽃 소식이 묻어왔다. 자두나무 과수원으로 가는 길, 마음이 저만치 앞서간다. 밭둑에는 쑥, 냉이, 민들레꽃이 나붓이 엎드려 있고 나무들은 하늘 아래 햇볕 바라기 중이다. 어우렁더우렁 자두나무 사이를 걷는데, 아찔한 향기에 취해 잠시 걸음을 멈춘다. 꽃인가 싶어 자세히 보니 가지를 뒤덮은 나비 떼가 파르르 날갯짓한다.

나무가 열매보다 먼저 꽃을 피운 길이다. 향기 없는 꽃이 있을까마는 여느 꽃보다 자두꽃의 진한 향기가 온몸에 밴다. 목련처럼 인심 넉넉한 꽃송이를 피워 사람을 불러들이지도 않고, 앙증맞은 꽃을 나무에 달아 놓고 화르르 떨어져 버린 벚꽃도 아닌. 자두는 순백의 꽃잎에 꽃 수술을 촘촘히 새겨 놓았다. 봄볕 아래 마음까지 참 해사하다.

하늘 아래 거저 피는 꽃이 있으랴. 비와 바람과 눈보라 그리고 살갗을 에는 한파를 견뎌낸다. 봄, 여름, 가을, 겨울이 서른 마흔 번이 다녀가고 나무는 나무껍질에 숨구멍을 내면서 제 몸을 키운다. 불규칙하게 세로로 갈라진 몸피를 보니 서른 몇 해쯤 되었을까. 나무의 몸통이 검고 골이 깊을수록 나무가 견디었던 시간이다. 그러면서 나무는 봄이면 가지를 연둣빛으로 물들이고 꽃을 피워 나비를 부른다.

초등학교 3학년 때쯤이다. 고향 집 앞마당 우물가에 자두나무 한 그루가 있었다. 키가 크지 않아 가지에 열매를 늘어지게 달고 있는 자두나무를 만만하게 보았다. 나는 친구들 앞에서 허세를 부리고 싶어 나무에 올라갔다. 마음에 드는 친구에게 자두 하나씩 나눠 주며 으스대고 싶었다. 마지막 한 개를 따려다 가지가 부서져 나무에서 떨어졌다. 순간, 기절했다. 내 머릿속의 기억 한 부분을 완전히 지워 버린 사건이었다. 부모님은 다음 날, 자두나무를 사정없이 베어 버렸다. 그 이후로 나는 자두를 입에 대지 않았다.

고향에서는 자두를 '왜추' 라고 불렀다. 왜추의 맛은 내 몸에 각인된 고향의 맛이었다. 첫 아이를 배고 입덧이 왔을 때 왜추가 너무나 먹고 싶었다. 무더위에 지치고 입맛 헛헛

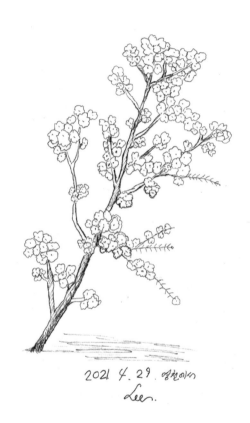

2021 4. 29. 영천에서

Lee.

나무가 들려주는 이야기

한 날, 과일가게에 있는 진한 보랏빛의 자두를 보자 침샘이 자극했다. 잊혔던 고향의 입맛을 불러왔다. 잘 익은 자두를 한입 베어 물었다. 과즙이 터지면서 새콤달콤한 맛이 입안에 가득 고였다. 고향 집 왜추나무의 추억을 불러들여 입덧의 고비를 넘겼다.

자두나무는 초봄에 하얀 꽃을 피우고, 늦은 봄에 잔가지 하나에 초록빛 작은 열매를 열 개 정도 맺는다. 오월이 오면 농부의 일손이 바빠진다. 일일이 나무를 돌아보며 튼실한 것을 고르고 나머지는 잘라낸다. 남은 작은 열매는 여름의 뙤약볕을 견디면서 붉은색으로 익어간다.

자두는 언제부터 우리 곁에 있었을까? 자두나무는 16세기부터 1920년 사이에 자주색을 띠는 서양 개량종이 들어와 이름이 자도(紫桃), 자리(紫李) 등으로 불렸다. 지방별로 제각각 불리던 재래종 오얏과 섞여 쓰이며 점차 '자두'로 통일된 듯하다.

오얏꽃의 꽃말은 순박, 순백, 열매의 모양을 본떠 순수, 다산, 생명력의 뜻이 있다. 맑고 순결하고 고귀한 오얏꽃은 조선 황실을 상징하는 문양으로 1892년 처음 등장했다. 대한제국이 건립된 후에는 황실에서 쓰는 물건에 오얏꽃 문양이 그려졌다. 국립고궁박물관에 오얏꽃 무늬의 은잔이 전시되었다. 덕수궁의 석조전, 운현궁 양관, 포항의 호미곶 등대의 천장에도 오얏꽃 문양이 새겨졌다.

오얏꽃 문양에 대해 의견이 분분하다. 한때는 인정전의 오얏꽃 문양이 일본인이 설치한 벚꽃 보양과 비슷해 철거해야 한다는 주장도 있다. 또 일본이 대한제국의 품위와 권위를 떨어뜨리려 오얏꽃 문양을 만들어 수치와 굴욕을 주기 위함이라는 이야기도 있다. 국가가 아닌 한 가문에 의해 지배되는 왕조라는 뜻으로 낮추기도 했다.

또한, 자두나무와 관련된 고사성어도 있다. '오이밭에서는 신을 고쳐 신지 말고 오얏나무 아래서는 갓을 고쳐 쓰지 말라.'라는 말이 있다. 오얏나무는 그리 크지 않으면서 열매를 많이 맺으니 그 나무 아래서 쓸데없이 의심을 살 만한 일을 하지 말라는 뜻일 거다. 우리 생활 속에서 쉽게 볼 수 있는 나무 이야기다. 이 화사한 봄날, 자두나무에 걸어둔 옛 어른들의 말씀이 오늘따라 향기롭다.

"내가 살던 고향은 꽃 피는 산골
복숭아꽃 오얏꽃 아기진달래

울긋불긋 꽃 대궐 차린 동네

그 속에서 놀던 때가 그립습니다."

　내 유년의 풍경에는 오얏꽃이 빠지지 않는다. 고향의 봄
을 읊조리며 들길을 걷는다.

5

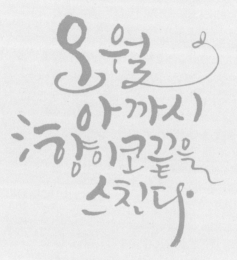

오월 아까시 향이 코끝을 스친다

# 먼 옛날의 아까시 길

순백의 꽃들이 깊어가는 오월이다. 노랑, 분홍의 꽃들이 자리를 내주자, 조팝나무, 이팝나무의 꽃들이 하얗게 핀다. 저만큼 나지막한 산등성이도 아까시꽃으로 하얗게 물들고 있다. 바람에 실려 온 아까시 향기가 코끝을 스친다. 향기를 따라가면 유년의 봄날에 닿고 그 고샅길에 어린 내가 있다.

아까시 나뭇잎을 들고 친구들과 가위바위보를 하며 놀았다. 개구쟁이들의 놀이에는 우리만의 이야기가 빠지지 않았다. 서로의 마음을 알아 가는 이야기였다. 오늘은 좋아하는 사람을 만날 수 '있다', '없다', 옆집 숙이는 지금 놀러 나올 수 '있다', '없다'를 점치며 나뭇잎을 하나씩 떼어냈다. 잎이 서너 개 남으면 어떤 말을 해야 위기를 벗어날 수 있을까, 그 아슬아슬한 고민에 심장이 쫄깃해졌다.

나뭇잎 떼어내기 놀이가 심심해지면 우리는 아까시 꽃

2021. 5. 13
아까시 나무아래서

잎을 따서 먹었다. 꽃잎은 하얀 쌀밥을 한주먹 크기만큼 조청에 묻혀 놓은 것 같았다. 양손에 하나씩 들고 꽃송이에 입을 바로 댔다. 첫맛은 달콤했다. 들고 있던 것을 다 먹으면 낮은 가지를 잡아당겨 또 꽃을 따서 먹었다. 자꾸 먹다 보면 입에서 떫은맛이 나면 우리는 남은 아까시꽃을 한 아름 안고 집에 왔다. 그날 밤, 머리맡에 둔 아까시꽃은 향긋한 꿈길로 나를 데려갔다.

아까시나무가 이 땅에 정착하기까지 수난을 많이 당했다. 일제강점기에 일본인들이 조선을 황폐화하려는 의도로 전국에 심었다고 해서 수난을 받았다. 아까시나무는 번식이 좋아 성장 속도가 빠르다. 그 뿌리가 조상의 무덤까지 침범해 무참하게 잘려 나갔다. 아무리 베어내어도 있는 힘을 다 끌어모아 새순을 올리고 꽃을 피워댄다. 모양새는 봐줄 게 없으나 생존력 하나는 으뜸이다.

아까시나무는 생명력이 끈질기다. 어떤 이는 그 끈질김에 혀를 내두르는 사람도 있다. 그도 그럴 것이 아무리 뽑아도 없어지기는커녕 오히려 뿌리를 뻗어 가는 집요함에 두 손 두 발을 들어 버린다. 게다가 스스로 독성을 뿜어 근처의 풀이나 작은 나무들이 자랄 수 없게 만든다. 워낙 많은 양분이 필

요해 경쟁하는 나무를 일찍이 말려 죽여 버린다. 그뿐인가, 가시가 많아 함부로 손을 댔다가는 찔리기에 십상이다.

아까시꽃은 식탁을 향기롭게 한다. 온 나무를 치렁치렁 뒤덮은 짙은 향을 풍겨내는 상아색의 꽃으로부터다. 그 매혹적인 향은 독성이 없어 식탁에 오르기도 한다. 아까시꽃 한 송이를 묽은 밀가루에 묻혀 튀기면 모양은 그대로 익는다. 노릇한 꽃송이가 입안에서 바삭거리며 사그라지는 식감은 이때만 먹을 수 있는 오월의 별미다. 거기다 말린 꽃송이를 차로 우려서 마시거나 침실에 걸어두면 오월의 아까시 향을 오래도록 맡을 수 있다.

부모님은 남의 집 논밭 부쳐도 가난을 벗어나지 못했다. 죽어라 일하고 일 년 농사를 아무리 갈무리해도 곳간은 금세 바닥났다. 어느 날, 어머니는 산속 비알밭에 벌통을 갖다 놓더니 벌을 치기 시작했다. 일벌들이 많이 늘어나 여왕벌을 중심으로 분봉해 벌통이 많이 늘었다. 벌들은 꽃을 찾아 꿀을 모으고 부지런히 벌집을 들락거렸다.

아까시꽃이 피면 부모님은 유목민이 되었다. 꽃들이 지면 부모님은 아까시꽃 따라 북상했다. 근처 마을에 짐을 풀어놓고 첫날은 벌통 근처에서 밤하늘의 별이 지켜주기를 바라며 밤을 지새웠다. 낯선 산속의 벌통을 지키며 자식들이 있는 집을 서너 번 오가면 꽃들이 모두 졌다. 그러면 벌통을 싣고 다시 집으로 돌아와 꿀을 떴다.

며칠 동안 햇볕이 쨍쨍하면 꿀을 뜰 수 있다. 부모님은 처마 밑에 걸어두었던 말린 쑥을 꺼내고 긴 옷을 입고 특수한 모자를 쓴다. 이때, 말린 쑥에 불을 지피면 매캐한 연기와 진한 쑥 냄새는 벌들로부터 부모님을 보호해준다. 꿀을 뜨면서 자주 연기를 내주어야 한다. 벌통 칸에 붙어 있는 벌들을 살살 쓸어 통에 밀어 넣으면 꿀을 볼 수 있다. 그 꿀들을 큰 깡통에 모은다. 깡통에는 오각형 모양의 집에 살았던 죽은 벌이 드문드문 떠 있기도 했다. 우리는 벌집에서 나온 벌들과 깡통에 묻은 꿀을 가까이서 지켜보면 부모님은 새끼손가락으로 꿀을 찍어 입에 넣어 주었다. 그러면 우리는 달콤한 맛에 흠뻑 취해 말 그대로 꿀 먹은 벙어리가 되곤 했다.

아까시향이 훅하고 코끝을 스친다. 벌써 오월이 왔구나, 라는 생각이 들었다. 오월 하순쯤 꽃을 피울 때 인가 했는데, 달콤한 아까시향이 벌들을 불러들이는 중이다. 향기 나는 쪽으로 고개를 돌리자 키 큰 아까시나무가 상앗빛의 꽃송이를 대롱대롱 달고 있다. 한참을 쳐다보았다. 가지에 달린 꽃송이는 고향 집의 하늘을 그리움으로 채우는 봄날이다.

나무가 들려주는 이야기

6

꽃들의 잔치 열렸네

# 때죽나무 꽃그늘 아래

마음을 내고 때를 잘 맞춰야 볼 수 있는 나무가 있다. 다름 아닌 때죽나무다. 헛걸음 한 번 한 뒤 다시 날을 잡아 도음산으로 향했다. 한참 오르고야 개울가 중턱에 자리 잡은 때죽나무꽃을 만날 수 있었다.

때죽나무는 특이하게 꽃이 아래를 향해 핀다. 종처럼 생긴 하얀 꽃이 일제히 아래를 내려다보고 있다. 다섯 개의 꽃잎을 살포시 펼치면 그 가운데에 노란 수술 열 개가 옹기종기 모여 있다. 때죽나무꽃은 띄엄띄엄 감질나지 않게 한 무더기씩 모여 핀다. 마치 소곤소곤 재잘대는 오월의 해맑은 소녀들 같다. 열흘 남짓한 짧은 꽃이 피었다 지면 이어서 때죽나무는 열매를 맺는다.

때죽나무 잎은 흔히 볼 수 있는 모양이다. 갸름한 잎에 잎맥이 있고 잎자루가 적당한 길이로 달려 여느 나뭇잎과 비슷하다. 만약 나뭇잎을 공장처럼 똑같이 찍어낸다면 자연은 얼마나 단조롭고 심심할까. 다행히도 조물주는 아주 조금씩 차이를 두어 알아가는 재미를 느낄 수 있게 배려했다. 그래서 잎맥을 가만히 들여다보면 나무마다 얼굴, 길이, 모양, 굵기, 방향 등이 모두 다른 것을 알 수 있다.

꽃이 땅을 바라보고 있어 때죽나무 아래서는 자연스럽게 몸을 낮추게 된다. 이곳에 오래 서 있는 나무는 땅을 바라보며 무슨 생각을 할까, 나무는 저기 흙 속에서 재잘대는 흙의 소리에 귀를 열어 둘까, 아니면 가지에 물줄기를 밀어 올리느라 애쓰는 것들에 대하여 기도를 내려보낼까. 가끔은 다리가 아파 힘이 들 때는 남의 눈에 띄지 않게 퍼질러 앉아 쉬고 싶기도 하겠다. 나도 땅을 향하여 몸을 낮춰 잠시 쉬면서 상념에 잠긴다.

봄꽃이 있으면 가을꽃도 있다. 키 큰 나무가 있으면 작은 나무도 있다. 열매를 주렁주렁 맺는 나무가 있고, 푸른 가지만으로 제 역할을 하는 나무도 있다. 그런데 사람은 그렇지 못하다. 봄에도 꽃을 피우고 가을에도 꽃을 피우고 싶다. 남보다 내가 우뚝 솟길 원해서 기를 쓰며 오르고 또 오른다. 그러다 감당 못 하고 추락해 구겨지고 부서지는 망신

2021. 5
도봉산의 때죽나무

나무가 들려주는 이야기

을 당하기도 한다. 때죽나무처럼 아래를 내려다본다면 나만큼의 키로도 만족하며 살아가면 추락도 없는 것을.

생장만 한다면 때죽나무는 아마도 몇십 미터까지 자랐을 것이다. 그런데 생장을 멈추기도 하며 겨우 7~8미터 높이에 머문다. 몸피는 한 뼘에서 두 뼘 정도의 굵기로 나무치고는 그다지 넓지 않은 편이다. 크게 자라는 나무가 아니라 쓰임이 많지 않다. 하지만 나무 자체의 매력을 뒤늦게 인정받아 꽃이 아름다운 정원수와 도시의 가로수로도 인기가 있다.

때죽나무의 이름은 어디에서 왔을까. 물고기를 떼로 죽인다는 이름에서 알 수 있다. 물고기를 잡을 때, 때죽나무 열매와 잎을 돌에 찧어 흐르는 물에 풀어 놓으면 물에 닿은 물고기가 잠시 몸이 뻣뻣해진다. 아가미의 움직임도 멈춘다. 그러면 떼로 물고기를 건져 올릴 수 있었다. 나무의 마취성분을 이용한 방법으로 이는 조상들이 경험으로 터득한 지혜였다.

어머니의 어머니도 때죽나무를 이용해 빨래했다. 논과 밭에서 일한 아버지들의 옷은 켜켜이 묵은 때가 쌓여 있다. 어머니들은 개울가에 모여 빨랫방망이로 두들겨 패도 찌든

때는 쉽게 가시지 않았다. 이때 때죽나무의 잎을 따 툭툭 짓이겨 물에 풀어 놓으면 힘들게 빨랫방망이를 두드리지 않아도 때를 쉽게 뺄 수 있다. 농사일에 지친 어머니들의 노고를 덜어준 때죽나무는 그래서 우리의 정서와 친근하다.

도음산에는 때죽나무 군락지가 있다. 개울 따라 한참을 걷다 보면 왼쪽에 나무 테크가 놓인 길이 있다. 그 길 따라 산 중턱쯤에 오르면 때죽나무 군락이 있다. 산 위에서 나는 꽃향기를 따라가면 길 잃을 염려 또한 없다. 앵앵거리는 벌들이 앞서거니 뒤서거니 하며 길을 내준다. 향기가 피워내는 오솔길 따라 걸으면, 숨이 막 차오를 때쯤 하얗게 핀 꽃 세상을 마주한다. 나뭇가지는 햇볕 따라 몸을 뒤트는지 양지바른 곳에 벌써 하얀 꽃들이 흐드러졌다. 아마도 오늘의 향기는 몇 날은 갈 것 같다.

산에서는 한 발자국 걷고 두 발자국 쉬기를 되풀이하는 게 좋다. 나무와 나란히 서서 쉬면서 고개를 들어본다. 나무들 사이로 설핏 비치는 햇살이 꽃에 닿는 모습을 볼 수 있다. 가지들이 살랑거리며 맞장구치는 모습도 보인다. 그 위로 나비, 벌들이 드나드는 것도 볼 수 있다. 그렇게 나는 때죽나무 꽃그늘 아래 오래도록 머물며 오월의 정취를 만끽

했다.

꽃들의 잔치는 산 아래에도 있었다. 떼로 모여 있는 유치원 아이들의 웃음소리가 무더기 무더기로 핀 때죽나무에 살포시 가 닿는다.

7

걱정
마라
걱정마라

걱정마라 걱정마라

# 소나무에 대한 경배

소나무는 꿋꿋하다. 모양새가 참으로 아름답고 사철 푸른빛을 잃지 않아 초목의 군자로 부른다. 우리 땅과 우리 삶에 잘 적응한 나무이다. 그래서 애국가에서 민족의 푸른 생명력을 소나무에 비유했다.

'남산 위에 저 소나무 철갑을 두른 듯 바람서리 불변함은 우리 기상일세'

소나무의 생동력은 줄기에서 뻗는 모양을 보면 알 수 있다. 용트림하며 구불구불 올라가는 줄기의 형상은 마치 용이 하늘로 오르는 모양새다. 품새 또한 침엽수의 특징을 가지고 있어 어디 심어 놓아도 품격 있게 보인다. 잘 키운 소나무 한 그루가 정원의 멋을 살리지 않는가.

나무가 들려주는 이야기

소나무 중의 으뜸은 금강송이다. 줄기는 붉으며 가지가 넓지 않다. 울창한 숲에서 햇빛을 받아 살아남으려고 성큼성큼 제 키를 키운다. 백두대간의 산골에서 함박눈을 이기고 비바람을 견디려 곧게 자란다. 하늘을 향해 높이 우뚝 솟아 기골이 장대하다. 그래서 국가의 부름을 많이 받았다. 금강송을 벨 때는 예를 갖추었다. '어명이요!'라며 왕의 부름을 받았음을 먼저 알리고 도끼질했다. 실려 간 금강송은 국가건물의 동량지재(棟梁之材)로 쓰였다.

소나무는 씨앗에 날개가 있어 솔방울에서 천천히 떨어지면서 날아간다. 어미나무로부터 멀리 떨어져 새로운 영역을 개척하기도 한다. 마을이나 논과 밭 근처에 솔숲이 형성된 것이 이 때문이다. 넓은 들판에 서 있는 소나무는 다른 식물과 햇빛이나 땅을 두고 경쟁하지 않는다. 그래서 소나무는 키를 키우기보다는 가지의 폭을 넓게 펴며 자란다.

소나무를 제대로 보려면 몸을 움직여야 한다. 키를 높이는 데 온 힘을 쏟는 나무 아래서는 자박자박 느릿한 걸음으로 탑 돌듯 주변을 돌아본다. 솔솔 부는 솔바람에 솔가지가 흔드는 소리에도 귀를 전부 열어야 한다. 제 키보다 더 크게 양팔 벌린 소나무 아래서는 앉거나 눕거나 엎드린 자세로 요리조리 살펴보아야 한다. 그러고는 나무 주위를 천천히 돌면서 오관을 활짝 열어 소나무가 내뿜는 기를 느껴본다. 오늘은 사람보다는 소나무 입장이 되어보고 소나무에 전해 내려오는 이야기에 말을 걸어본다.

예천군 감천면 석평마을에는 오래된 반송이 한그루 서 있다. 소나무가 소유하고 있는 토지에 대해 세금을 내는 부자 나무이다. 토지대장에 등재된 주인은 성은 석(石)씨이요, 이름은 송령(松靈)이다. 매년 그 세금으로 지역 학생들에게 장학금을 지급하며 마을의 단합에 한 몫을 단단히 한다. 나무를 사람과 같이 하나의 인격체로 여긴 석평마을의 소나무는 세계에서도 유래를 찾을 수 없는 좋은 예이다.

먼저, 소나무의 이름을 불렀다. 석, 송, 령. 그리고는 두 손을 공손히 모으고 묵례했다. 강렬한 봄볕이 정수리에 닿아 뜨거웠지만, 소나무가 내뿜는 날숨을 들여야겠다는 욕심에 가슴부터 열었다. 어깨를 곧게 펴고 깊숙한 곳에 웅크리고 있는 기운을 끌어와 후우 길게 내뱉었다.

석송령 주변에 울타리가 쳐져 있다. 소나무 뿌리 주변에 흙이 다져지면 생장에 좋지 않기도 하지만, 나무 아래 막걸리를 뿌리기도 하고 여러 가지 과일을 두고 가는 사람이 많았다. 소나무는 사람이 뿌려주는 막걸리에 취해 흥에 겨워했을까, 아름드리 몸통 앞에 놓인 바나나, 사과를 보고 무슨 생각을 했을까, 백 년도 살지 못하고 바둥거리는 인간의 삶이 가소로울지도.

석송령이 지닌 이야기 따라 90년을 거슬러 간다. 석평마을의 이수목 노인은 자식이 없어 날마다 걱정이었다. 어느 날, 꿈에 들리는 또렷한 소리 "걱정 마라, 걱정 마라" 선명하고 우렁찬 소리에 노인은 꿈에서 깼다. 노인의 걱정이 소나무에 닿았는지 소나무가 꿈에 나타나 걱정하지 말라고 했다. 마을의 영물인 소나무에 노인은 모든 재산을 물려주기로 했다. 그렇게 하면 마을 사람들에 작은 도움이라도 줄 수 있으리라 생각했다. 다음 날, 노인은 군청을 찾아가 토지의 소유주를 새 주인에게 옮겼다.

천천히 석송령을 한 바퀴 더 돌았다. 석송령은 하늘로 높이 솟구치기보다는 오히려 넓게 가지를 펴면서 6백 년을 살아왔다. 크게 펼친 팔이 힘들어 돌기둥으로 떠받치고 있지만, 앞으로도 쭉쭉 뻗어 갈 것 같다. 내일은 비바람에 가지들이 심하게 흔들릴지라도. 건너편에 석송령의 아들 소나무가 높이를 쑥쑥 키우고 부지런히 양팔 벌리며 가지를 넓

히고 있다. 아버지를 이어 석평마을의 안녕을 위해 그렇게.

　　석평마을 사람들은 이 소나무가 마을의 화목을 지키는
영물(靈物)이라 믿는다. 소나무에 한 번 더 경배(敬拜)하고
발길을 돌렸다. 영물을 가슴에 들인 기분이다.

# 8

하늘이
연못에 드니
구름도
따라오네

하늘이 연못에 드니 구름도 따라오네

# 노간주나무를 찾아서

　책장을 넘기다 산비탈 바위틈에 있는 노간주나무를 보았다. 나무가 도저히 자라지 못할 곳에 뿌리를 내리고 비스듬히 서 있었다. 더구나 물이라고는 전혀 없는 곳이었다. 하늘이 내려 주는 빗물만으로 지탱하며 사시사철 푸름을 지키고 있었다. 그 경이로운 생존력은 어디서 오는 것일까. 또 마음이 설레발친다.

　때마침, 봄장마가 물러가고 말간 하늘이 얼굴을 내밀었다. 간단한 채비를 하고 길을 나섰다. 초록이 연두를 품고, 진분홍이 연분홍의 꽃들을 모두 삼켰다. 하늘과 산이 맞닿아 초록이 머무는 곳, 햇살과 바람, 구름이 쉬어가는 곳, 경상북도 수목원을 향해 구불구불 비탈길을 올랐다.

　수목원에는 나무와 풀 냄새가 자욱하다. 흠 하나 없는 무결점의 하얀 꽃들도 뒤질세라 화르르 가지를 흔든다. 무방비로 열려 있는 감각에 예고편도 없이 사방에서 맑고 푸름이 들어온다. 온몸의 세포가 자연스레 열린다. 나무 터널이 낸 길 따라, 좀 더 깊은 곳으로 들어간다. 얼마 가지 않아, 하늘을 담은 연못이 눈 앞에 펼쳐진다. 어제 내린 비에 하늘이 연못에 들었나 보다. 구름도 따라 내려와 올챙이와 벗하며 한낮의 시간을 즐기고 있다. 하양과 파랑만 있으면 단조로운가, 꽃창포와 노랑꽃 창포가 연못 주변을 맴돌며 배시시 웃고 있다. 나도 꽃 인양, 벤치에 앉아 이들과 함께 풍경 하나가 된다.

얼마나 머물렀을까, 노간주나무를 보러 왔다가 잠시 풍경에 취해 넋을 놓았다. 이제 나무를 찾아갈 생각이다. 짐작하건대 노간주나무는 평지보다는 산등성이에 있을 것 같다. 오르막을 따라 산을 오른다. 나무마다 걸어 놓은 이름표를 들춰가며 생김생김의 모습에 눈을 맞추며 올라갔다. 한 골짜기를 훑어도 노간주나무는 보이지 않는다. 다시 아래로 내려와 건너편에서 천천히 올라 가 보았다. 또 헛걸음이다. 덜컥거리며 내려앉는 마음을 바로 세웠다. 노간주나무는 측백나뭇과이기에 비슷한 모양의 군락지에서 찾아야겠다.

노간주나무는 고향 마을 뒷산에 많이 있었다. 송아지에

2011. 6.

Lee.

나무가 들려주는 이야기

코뚜레를 만들 때 노간주나무의 가지를 이용한다. 나뭇가지가 부드럽고 잘 부러지지 않아 제격이다. 고향 집, 소 우리에서 목 놓아 울던 그렁그렁했던 송아지의 눈빛과 그 옆에서 일손 늦어 겁먹은 아버지의 눈빛이 오버랩된다.

농사일에 소는 든든히 살림 밑천이다. 거친 땅을 보드랍게 갈아엎을 때, 논에 물을 가둬 모내기 준비할 때도 소를 이용했다. 그만큼 소는 우리와 함께 먹고 마시며 가까이 있는 순한 동물이다. 그런 소였지만, 소도 사람을 보고 일을 하는지, 일손이 없거나 느린 사람에게는 고집을 피우기도 한다. 어렵게 장만한 송아지도 우리 집에 온 지 며칠 만에 아버지와 기 싸움을 했다. 소를 제압하는 데는 노간주 코뚜레가 제격이었다.

책 속의 사진 한 장을 보고 무작정 길을 나선 게 잘못이었다. 우리나라 최고의 고산 식물원이라 당연히 노간주나무를 볼 수 있을 것이라 여겼다. 산등성이를 몇 번 오르다 지칠 때쯤, 노간주나무를 못 찾아도 숲속에서 어슬렁대도 좋겠다 싶었다. 마음을 그렇게 다잡는데, 눈은 이 골짜기를 훑었고 분명 저 골짜기에는 노간주나무가 있을 것 같았다.

이제는 안 되겠다 싶어 사무실을 찾아갔다. 노간주나무

를 보러 왔다고 하니 담당 직원이 "노간주나무요?"라고 되묻는다. 경북수목원에는 노간주나무를 일부러 심지는 않았다고. 그런데 자생한 한 그루가 있다는 골짜기를 말해 주었다. 나무의 이름표는 달지 않았으니 찾기가 쉽지는 않을 것이다. 그래도 한 그루가 있다는 소식에 무거웠던 발걸음이 가벼웠다. 천천히 산을 훑어가며 나무를 찾았다. 그곳을 찾아 헤맸지만, 노간주나무는 '꼭꼭 숨어라 이파리 보일라'였다.

발걸음이 한없이 무겁다. 돌아가기는 너무나 아쉽다. 마지막으로 문화해설사에게 도움을 청했다. 그분도 노간주나무를 본 것 같지만, 그냥 지나가며 본 터라 정확한 위치를 알지 못했다. 그래서 사무실 직원이 말한 곳을 대략 설명하니 기꺼이 동행해 주었다. 근처를 다시 수색했다. 찾기가 어려워 수색이라는 말이 맞는다. 한참을 헤맸다. 수목원의 어둠은 빨리 달려들어 걸음을 돌려야 했다. 돌아가는 길에 일반인의 발길이 드문 수목원 뒤쪽 초소를 찾았다. 자연생태계의 식물을 찾아 연구하는 분이 계시기에 여쭈었다. 경주 남산 이무기 능선에 노간주나무 군락지가 있다고 한다.

어딘가에 숨은 노간주나무와 숨바꼭질하다 지쳤다. 옛

사랑을 찾아 먼 길 갔는데, 못 보고 발길을 돌린 것처럼 허
전했다. 내일은 이무기 능선으로 향해야겠다.

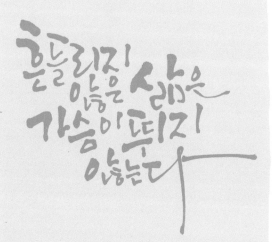

9

흔들리지 않은 삶은 가슴이 뛰지 않는다

# 느티나무는 그늘 궁전을 만들고

고향 마을 입구에 느티나무 한 그루가 있었다. 느티나무 아래는 시원하고 그늘이 많아 사람들이 자주 모였다. 농사 일이 바빠도 틈틈이 모여 담소를 나누는 어머니들만의 사랑방이었다. 그늘 따라 놓인 평상에는 다양한 먹거리가 있었다. 구수하고 말랑한 삶은 옥수수, 하얀 분이 나고 김이 모락모락 나는 감자는 아이들을 나무 아래로 불러들였다.

우리나라에서 가장 오래된 느티나무는 부산시 기장군 장안읍에 있다. 수령이 무려 천 년이 넘었다고 하는데, 백 년이 1세기이니까 무려 10세기이다. 인류 역사에서 10세기는 상전벽해를 넘어 바다와 땅을 뒤바꾸고 산도 옮길 시간이다. 그런데 느티나무는 한자리에서 어떻게 한결같이 살아내고 있을까. 버텨낸 시간의 역사를 목도하려고 길을 나섰다.

2021. 7

가장큰 오래된 느티나무

Lee

나무가 들려주는 이야기

천 삼백 년 동안 사는 나무를 한 시간 만에 만났다. 내비게이션에 주소를 입력하고 고속도로에 차를 얹으니 금방이다. 도착했다는 안내 음성에 따라 농로 갓길에 주차했다. 아, 저기 저 나무가 느티나무구나, 늘 티를 내는 나무라 멀리서도 한눈에 알 수 있다. 마음이 급해진다. 먼저 나선 걸음이 마음을 챙겨 한걸음에 다다랐다. 숨을 고르며 나무 한 바퀴를 돌아보았다. 가만히 몸을 낮추었다. 나무는 견뎌내는 것이 아니라, 지금도 자라고 있었다. 천 삼백 년이라는 숫자 앞에 내가 움츠러들었다. 어깨를 펴고 나무를 올려다본다. 느티나무의 모든 줄기는 초록 물이 터질 듯 줄기차게 자라고 있었다.

벤치에 앉아 나무를 한눈에 담는다. 느티나무의 품은 어른 대여섯 명이 안을 만큼 널찍하다. 천년하고도 사십삼 년을 산 나무의 몸통이 참으로 옹골차고 매끈하다. 나무는 천 삼백 년 동안 땅속에 뿌리를 내려 끊임없이 물길을 찾았을 테고, 그런 다음에는 크고 작은 줄기에 영양분을 공급하느라 바빴겠다. 사방으로 뻗은 느티나무의 가지와 이파리들이 단정하다. 어디서 불어온 바람이 슬렁슬렁 이파리를 휘감고 툭툭 치며 건드린다. 잎잎이 사분거리는 소리가 난다. 이렇게 흔들리며 뿌리를 내리고, 나무는 그늘을 만들며 오늘을 건너는 중이다.

어린 시절에는 늘 놀거리를 찾았다. 동네 입구에 있는 느티나무는 우리들의 놀이터였다. 아침부터 나무 아래서 술래잡기를 했고, 그러다 심심하면 나뭇가지를 잡고 그네를 탔다. 개구쟁이들의 무게를 견디지 못한 나무는 수십 번 생가지가 부러졌고, 우리들의 팔과 다리는 숱한 날 피멍이 들었다. 그런데도 느티나무는 우리가 숨을 곳을 만들어주었다. 그곳은 벌레들이 나무를 갉아 썩어 구멍이 생긴 곳이다. 어둑하고 좁고 눅눅했다. 웅크리고 앉으면 세상의 소리마저 잠들고 어린 마음에 일었던 잡다한 것들이 평온해졌다.

느티나무는 품이 넓다. 넉넉한 그늘을 만들며 줄기를 뻗는 나무 아래 있으니 어머니 품에 든 듯하다. 느티나무는 가지가 마음껏 자랄 수 있게 햇볕을 모으고 바람을 불러들인다. 때로는 옹이가 생기는 상처가 나더라도 성장을 멈추지 않는다. 그렇게 감내하는 인고의 세월에도 제 줄기를 포기하지 않고 키워낸다. 우리네 어머니가 그렇다. 자식의 상처를 보듬고 새살이 날 수 있게 보듬는다. 어머니는 모든 것을 주고도 무언가를 더 내어 줄 게 있는지 팔을 뻗는다.

나무가 들려주는 이야기

나무가 흔들린다. 흔들리는 가지 따라 내 눈길도 느릿하게 따라간다. 느티나무 몸통 한 부분에 멈춘다. 싱그럽고 푸른 나무에 거무튀튀한 색깔의 상처가 생뚱맞다. 썩어 구멍이 난 자리에 무언가를 가득 채워놓았다. 얼마 전, 텔레비전에서 방영한 장면이 떠올랐다. 가로수의 썩은 곳을 메꾸는 작업이었다. 주로 시멘트나 건축용 자재로 쓰이는 우레탄폼을 넣어 부풀렸다. 이곳 느티나무에도 우레탄을 넣어 수술한 흔적이 있다.

나무 아래 한참이나 머물렀다. 이쯤이면 벌레들이 내 몸을 괴롭힐 만도 한데 오히려 몸이 가뿐하고 머리가 맑다. 느티나무 그늘엔 모기가 살지 못하고 해충들이 적다고 한다. 그래서 옛날에는 나무 아래 아이들을 재워놓고 어머니들은 느티나무 사랑방에서 눈물, 콧물 흘린 시집살이를 견뎠다. 느티나무는 우리의 이야기를 잘 들어준다. 맵디매운 시집살이 고달픔을 듣고 함께 아파하느라 속울음 했을 나무에 벌레조차 항복했나 보다.

느티나무가 있는 풍경이 손짓한다. 빽빽하게 뻗은 줄기는 엎치락뒤치락하며 한낮의 햇볕을 막아준다. 천 삼백 년 동안 나무가 기록한 숱한 이야기가 풍경에 그득하다. 이파리 하나하나를 탐독하며 나무의 시간을 읽는다. 넉넉한 그늘을 일부러 만들려고 하지는 않았다. 그저 오늘 하루를 열심히 살다 보니 궁전처럼 넓고 시원한 그늘이 되었다. 아름다운 풍경으로 남기 위해 기록한 수많은 이야기를 다 읽지 못하고 띄엄띄엄 넘어간다.

흔들리지 않고 피는 꽃은 없다고 했던가. 흔들리지 않고 자라는 나무도 없다고 시인은 노래한다. 흔들리지 않은 삶 또한 따분하고 시시하다.

# 10

여름밤의
꽃불이
인다

여름밤의 꽃불이 인다

# 모감주나무, 여름을 반짝이다

여름은 모감주나무의 계절이다. 며칠 동안 비가 오락가락하며 애간장을 태우더니 오늘 하늘은 참 맑다. 이때다 싶어 서둘러 길을 나서기로 한다. 등이 굽은 길에 들자 아직 빠져나가지 못한 습한 것들이 열어 둔 창문으로 들이친다. 같이 비집고 들어온 풀 냄새도 바쁘게 내 마음 언저리에 걸터앉는다.

모감주나무를 만나러 가는 길은 아름답다. 임곡항에서 925번 해안도로를 따라가는 길은 멋진 드라이브 코스이다. 왼쪽은 바다요, 오른쪽은 산으로 둘러싸여 길목마다 다른 풍경을 펼쳐낸다. 비릿한 바다 냄새가 코끝을 찌푸리게 해도 눈앞에 보이는 풍경에 금방 얼굴이 환해진다.

비 온 뒤라 그런가, 세상은 온통 잿빛과 갈맷빛뿐이다. 길을 나설 때부터 따라온 하늘과 바다는 온통 흐리다. 어제

나무가 들려주는 이야기

내린 비에 하늘도 바다도 제 빛을 갖지 못하고 어중간하다. 오른쪽에는 녹음으로 우거진 신록의 나무들이 물길을 찾아 목마름을 채우고 있다. 해안도로를 이십 분 정도 달렸다. 드문드문 노란 별빛으로 길 밝히는 모감주나무가 보인다.

모감주나무 군락지 안내판이 언뜻 보인다. 오랫동안 사람의 발길이 닿지 않았는지 갓길에서 뒤로 밀려나 있다. 그런데 산으로 들어갈 길이 막막해 보인다. 방파제에서 마주친 주민에게 모감주나무 이야기를 꺼내자, 시큰둥하다. 발산리 주민들은 모감주나무군락지가 문화재로 지정되어 좋을 줄 알았단다. 기쁨도 잠시, 주민들의 터전이 문화재보호법에 적용되어 30년 동안 많은 제약이 있었다고 한숨을 쉰다. 오래되고 높다랗게 서 있는 모감주나무를 그저 말없이 쳐다본다.

뜨거운 햇볕이 쏟아져도 모감주나무는 투덜대지 않는다. 햇볕이 부숴내는 작은 알갱이에도 오히려 당당하게 꽃을 피운다. 못 견디겠다고 피하거나 가지를 늘어뜨리지 않는다. 제 꽃술을 살포시 받쳐 올리며 생의 한 주기를 완성한다.

모감주나무는 하늘을 향해 긴 꽃대들을 곧추세운다. 짙

2021. 7. 20
포항 발산리 모감주나무

나무가 들려주는 이야기

은 신록 위에 황금빛 별을 뿌려놓은 듯, 자잘하면서 화려한 꽃들을 총총히 피운다. 노란 꽃잎은 땅에 떨어져서도 아름답다. 바닥에 수북이 떨어져 있으면 아까워서 함부로 밟지 못한다. 우수수 떨어지는 꽃잎을 보면 황금비가 내리는 것만 같아서 서양에서는 모감주나무를 'Gold Rain Tree'라고 한다.

모감주나무 열매는 금강석처럼 단단하다. 그래서 금강자(金剛子)라고도 한다. 불가에서는 도를 깨우치고 지덕이 굳으며, 단단하여 모든 번뇌를 깨뜨릴 수 있는 열매라고 여긴다. 염주의 재료로 쓴다. 모감주나무 열매로 만든 염주는 귀해서 큰스님이나 지닐 수 있었다.

나무를 향해 카메라를 들었다. 나무는 노란 꽃등을 거둬들일 생각이 없는 듯 환하다. "이곳은 노을 질 때가 제일 예뻐요." 마을 주민이 한마디 건넨다. 바다와 노을, 그리고 모감주나무가 환상적인 짝을 이룬다고 말한다. 나무가 많은 곳에는 인심이 넉넉한가, 마을주민의 얼굴에 함박웃음이 번진다. 오늘은 나도 방파제에 앉아 노을에 젖는다.

꽃을 피우고 열매를 맺은 후, 나무는 바람을 기다린다. 모감주나무는 주로 바닷가 산비탈이나 도로변 절벽에 군락을 이룬다. 바람이 드나드는 길목은 씨앗을 퍼뜨리기 좋은 자리다. 종족을 번식하려는 의지는 가장 위험한 환경도 이겨낸다. 무모한 도전이 되지 않기 위해서 모감주나무 씨앗은 편서풍을 이용하고 5개월 만에 수천 킬로미터를 이동한다. 더러는 바람의 흐름에 떠밀려 바다에 떨어지고, 더러는 땅에 정착하더라도 말라버릴 수 있다. 다행히 좋은 땅에 활착한 씨앗은 불볕더위를 이기고 꽃을 피우며 열매를 맺는다.

나무가 꽃을 피울 때는 안 보려 해도 그냥 보인다. 방파제에 앉아 산을 향해 눈을 들면 모감주나무에 꽃불이 일어난다. 꽃을 피우기 위해서 바람은 불었을 테고, 열매를 맺기 위해서도 바람은 나무 사이를 헤집고 다녔을 것이다. 어디에 어떻게 살더라도 나무는 그들만의 방식대로 꽃을 피우고 열매를 맺고 번식을 한다. 나무는 움직이지 못하지만 그들의 다음 세대를 위한 노력은 치열하다. 모감주나무는 그렇게 먼 여행길에 오를 것이다.

해가 지고 밤이 되면 모감주나무 꽃에 별들이 윙크한다. 저희끼리 도란도란 주고받는 소리에 파도도 하얀 웃음으로 맞장구친다. 나무가 들려주는 많은 이야기에 놀라 눈을 동

나무가 들려주는 이야기

그렇게 떠 있는 별들도, 졸음에 겨워 눈을 비비며 깜빡이는
별들도, 밤이 깊어가는 줄 모르게 이야기를 듣고 있다. 꽃과
별들이 소곤대는 몸짓은 여름밤이 깊어갈수록 더 반짝인다.

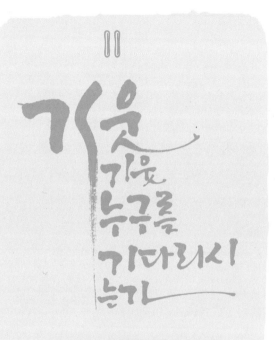

기웃기웃, 누구를 기다리시는가

# 기웃기웃, 누구를 기다리시는가

산들 어디에나 초록이 짙다. 여름이 무르익어간다는 말이다. 꽃자리 다투며 피는 봄꽃이 한바탕 지나가면 여름꽃이 하나둘 꽃술을 활짝 펼친다. 나무 위에서 매미 울음소리 울창한 여름날, 담장 위에서 바깥을 내다보는 꽃이 있다. 능소화다.

능소화는 담쟁이넝쿨처럼 덩굴식물이다. 빨판이 있어 어디든, 무엇이든 가리지 않고 달라붙는다. 주로 시골의 돌담에 피어 고즈넉함을, 도시의 시멘트 담에 올라 따스함을 준다. 붉은 벽돌담까지 친근하고 익숙하게 기어오른다. 담장에 올라 치렁치렁 꽃줄기를 간드러지게 늘어트린다.

꽃의 색깔이 붉지도 노랗지도 않아 '붉노랑'이라고나 할까. 원뿔 모양의 꽃차례에 붙어 많이 필 때는 담장을 모두 뒤엎을 정도다. 한 번 피기 시작하면 초가을까지 피고 지기

2021. 8. 5 능소화

나무가 들려주는 이야기

를 이어간다. 그러다가 꽃은 햇볕 무더기, 한 무더기 안고 통째로 댕강 떨어진다. 능소화의 꽃은 땅에 떨어져도 볼품을 잃지 않는다. 화려한 꽃 모양이 흐트러지지 않고 오랫동안 그대로 있다.

능소화 꽃말은 기다림이다. 간절한 기다림을 모티브로 문학에서 여러 사람으로부터 부름을 받았다. 안동에서 '원이 엄마의 편지'가 발견되었는데, 1582년 31세의 나이로 죽은 이응태의 아내 원이 엄마가 남편에게 쓴 편지이다. 이 편지가 일부 공개되어 많은 사람이 눈물을 쏟았다. 소설은 능소화꽃을 배경으로 이들은 능소화가 곱게 피던 날 만났고, 꽃이 만발하던 날 헤어졌다. 그리고 다시 능소화를 피워 남편이 찾아올 수 있게 하겠다는 내용이다.

오늘을 살아가는 우리는 남편을, 아내를 향해 어떠한 마음을 가지는가. 무심하게 지나쳤던 배우자를 유심하게 살펴보자. 밥벌이를 위해 이곳저곳 다니느라 한쪽으로 닳은 남편의 구두, 자존심 하나만으로 당당할 것 같았지만 세상에 타협하느라 갈수록 처진 어깨, 맑고 영롱하게 꾸었던 꿈이 언제인지조차 모를 정도로 빛을 잃어가는 눈빛을. 그런 배우자를 향하여 능소화 같은 사랑 한 송이 피우는가.

능소화의 이름은 어디서 왔을까, 소화라는 이름의 예쁜 궁녀는 임금님과 하룻밤의 인연을 맺었다. 그 후로 임금님은 소화를 다시 찾지 않았다. 소화는 행여나 임금님이 이곳을 지나갈까, 소화를 찾아올까, 매일 담장 너머에 고개를 빼서 임금님을 기다렸다. 후궁인 소화가 임금님을 그리며 한평생을 보내다 궁궐 담장 아래에서 꽃으로 피었다. 그 꽃이 소화를 닮아 능소화라고 한다. 얼마나 기다리고 그리웠으면 꽃으로 피어날까, 얼마나 보고 싶으면 한여름에 지치지 않고 예쁜 꽃으로 보여줄까, 한결같은 짝사랑은 꽃으로 피어나기도 하는가 보다.

친정집 담장에도 능소화는 피어 있었다. 아버지는 늘 자식을 기다렸다. 설핏 불어오는 바람에도 화들짝 놀라며 밖을 내다보았다. 담장에서 떨어지는 꽃잎 하나에 몸은 대문을 향했고 마음은 마을 어귀에서 서성였다. '쯧쯧, 누구 기다린다고 저리 곱게 앉아 있누,' 담벼락에 기댄 능소화를 향해 아버지는 중얼거렸다. 객지로 떠난 자식들은 서쪽 하늘에 해가 누울 때쯤 드문드문 전화했다.

자식들은 어머니의 빈자리를 채우지 못했다. 아버지는 자식들을 향해 때로는 짧게 때로는 길게 헛기침으로 표현

했다. 그런 마음을 알면서도 자식들은 소홀했고 늘 데면데 면했다. 어머니가 가꾸던 마당 한쪽의 텃밭은 날이 갈수록 쪼그라들었지만, 대문 옆 담장 위로 능소화는 줄기차게 꽃을 피웠다.

아버지는 떠났지만, 시골집 담장에서 능소화의 기다림은 그치지 않았다. 꽃잎 하나를 떨어뜨리고 안방을 기웃대도 인기척이 없다. 동트는 시간에 텔레비전 켜는 소리도 들리지 않았다. 저녁 무렵에 마당에서 들리는 슬리퍼 끄는 소리도 들리지 않았다. 아니 내일이면 아버지가 기다리던 자식들이 대문을 들어설까 기대해 본다. 숱한 날 해가 뜨고 지기를 반복했지만, 시골집은 적막이 집어 삼켜버렸다. 능소화도 지칠 대로 지쳐 몇 해 만에 시들어 말라버렸다.

능소화는 무엇을 보려고 저리도 애쓰는 것일까. 솔개그늘 하나 없는 담장 위에서도 화려한 꽃을 피워 놓는다. 작달비가 내려도 천둥 번개가 내리쳐도 누군가를 기다리며 고개를 쭈욱 내민다. 기다리다 기다리다 지쳐 꽃은 떨어지고 말지만, 떨어져도 전혀 추해 보이지 않고 예쁨이 그대로다. 목이 잘린 채 바닥에 떨어져 나뒹굴어도 그리움은 한 송이 꽃으로 남는다.

저기, 세월의 담 너머로 목을 뺀 채 바깥을 기웃거리는 당신, 이 여름에는 또 누구를 기다리시는가.

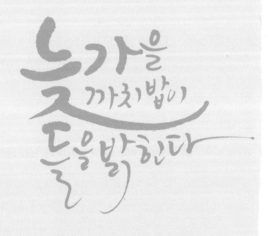

# 12

늦가을 까치밥이 들을 밝힌다

# 감나무의 하얀거

아낌없이 주는 나무가 있다. 살아있는 동안 자신이 가진 모든 것을 내준다. 그러면서 조금도 으스대지 않고 조용하다. 어느 집에서나 있는 나무라 있는지 없는지조차 느껴지지 않는다. 무언가가 하나 빠졌다는 허전함은 베어지거나 죽은 뒤에 문득 떠오른다. 아, 그 집 뒤란에 감나무가 있었지.

감꽃은 늦봄에 노랗게 핀다. 봄의 꽃들이 피고 지기를 할 때 감꽃은 조금 늦게 이어달리기에 참여한다. 감꽃은 나무의 커다란 잎에 묻혀 있어 잘 살펴야 초록을 품고 있는 꽃을 볼 수 있다. 커다란 잎에 숨어 수줍은 듯 삐죽이 고개를 내밀다가 금방 떨어진다. 감나무 아래에 감꽃이 떨어지면 노란 방석을 깔아 놓은 듯하다.

금방 떨어진 감꽃을 무명실로 꿰어 목걸이를 만들었다.

한 겹 두 겹의 감꽃 목걸이를 걸고 땅에 떨어진 감꽃을 주워 먹었다. 배고픈 시절, 먹을 게 없던 계절에 그만한 간식도 없었다. 먹어도 배가 부르지 않았지만, 씹으면 쌉싸래하고 떨떠름했지만 그래도 입안에서 무언가를 오물오물 군것질할 수 있어 좋았다.

감나무는 뙤약볕 아래서도 눈을 반짝인다. 가지마다 손바닥만 한 잎을 넉넉하게 달아놓고 나무의 눈처럼 이리저리 살핀다. 그러면서 동시에 폐의 역할도 한다. 잎 한 장마다 수천 개의 숨구멍이 있어 뿌리를 찾는 힘을 갖는다. 나무가 햇빛 가리개인 잎의 무게를 지탱하지 못할까 걱정되는지 섬세한 잎맥으로 눈을 반짝이고 숨을 쉰다.

감나무가 있는 풍경 사진이 있다. 조선 초기 이암의 '모견도(母犬圖)'이다. 여름이 깊어 잎이 무성한 감나무 아래에서 젖을 먹이는 어미 개를 중심으로 강아지들이 옹기종기 모여 있다. 더운 날씨에 감나무는 사람이든 짐승이든 가리지 않고 그늘을 내준다. 사진 속의 주인공이 강아지가 되었다가 사람이 되기도 한다. 감나무는 우리 가까이에서 넉넉한 품을 내준다.

마음 맞는 이와 조그만 밭을 일군다. 우리는 이곳을 종

2021. 9. 19. 안부
Lee.

나무가 들려주는 이야기

합백화점이라 부른다. 봄에 고랑을 만들어 상추, 오이, 가지, 고추를 심었다. 여름 내내 우리들의 식탁에는 싱싱하고 푸른 것들이 올랐다. 농사일에 서툰 우리는 밭 끄트머리에 감나무를 심었다. 봄이 몇 번 오고 가는 사이에 감나무는 키를 쑥쑥 키우더니 잎을 무성하게 매달았다.

두 해 전, 내 키만 한 나무에 감이 주렁주렁 열렸다. 가지가 무게를 감당하지 못할 정도로 축 늘어졌다. 더러는 견디지 못하고 땅에 떨구고, 또 다른 가지에서는 더 많은 감을 꼬옥 매달고 있었다. 여름의 햇볕을 온몸으로 받아들이면서. 그렇게 익어갔다.

감이 익어가는 시간은 먹고 싶은 사람에게는 기다림이다. 그 시간이 지나면 나무는 이제 주홍빛 감을 달아 놓고 시선을 끈다. 잘 익은 홍시는 다달한 맛을 주고, 곶감으로 만들면 두고두고 먹을 수 있다. 감나무 꼭대기에 있는 감은 까치밥으로 남겨 두는 것이 좋다. 무리하게 따려고 욕심내지 말고 자연의 것들과 함께 어우러져 나누면 좋다. 한 아름의 소쿠리에 감을 담으니 또 다른 가을 풍경이 거실에 가득했다.

힘을 너무 쏟은 탓일까, 감을 다느라 기력을 모두 소진

했는지, 작년에는 감 하나를 달지 않았다. 감나무가 열매 맺기를 거부하는 해거리였다. 스스로 해를 걸러서 쉬자는 것이다. 이렇게 결정한 나무의 마음을 알지 못해 노심초사했다. 감나무의 해거리는 하안거나, 동안거이다. 해거리하는 동안 에너지의 활동 속도를 늦추면서 숨 고르기를 한다. 더 달콤하고 더 풍성한 열매를 위해 쉼표를 찍는다.

쉼표가 없다면 어쩌면 영원히 마침표를 찍을지도 모른다. 매년 쉬지 않고 열매를 맺는다면 오래 가지 못해 그 맛을 잃을 것이고, 에너지를 모두 소진해 나무는 삶의 마지막을 고하게 된다. 그렇게 텃밭의 감나무는 지난해 하안거에 들었다. 더 나은 열매를 위해 나는 그 여름을 여백으로 남겨두었다.

지난밤, 비바람에 감나무는 안녕한지 살핀다. 다행히 이파리도 감도 제 자리에 달려있다. 나뭇가지 사이로 비집고 들어온 햇볕 사이에 한두 개의 감이 주홍빛으로 물들려고 한다. 아직은 여름의 끝자락이 멀어 보인다. 매 순간을 열심히 살다 보면 저만치 여름이 지나가고 가을이 올 것이다. 그러면 하안거에서 깨어난 감나무는 줄기차게 감을 달고 제 열매를 지켜 낼 것이다. 감을 달고 있느라 처진 가지를 버팀

목으로 받쳐주었다.

　잠시, 감나무 아래 머물다 햇볕을 피해 그늘로 도망간다. 내가 피한 햇볕을 고스란히 받아 감은 주홍빛으로 물들어가겠다. 늦가을이면 가지에 열린 까치밥이 추수가 끝나 황량해진 들을 노랗게 밝히겠다.

# 13

등지지 말고 등을 대면서

# 어우렁더우렁 저 등나무

옛날 아주 먼 옛날, 신라 시대 현곡면 오류리에 열일곱, 열아홉 자매가 살았습니다. 청등·홍등이라는 이름을 가진 예쁜 자매였습니다. 자매는 마음씨도 고와서 온 마을에 칭찬이 자자했습니다.

옆집에 씩씩한 청년이 살고 있었습니다. 어느 날, 자매는 전쟁터로 떠나는 청년을 담장 너머로 훔쳐보았습니다. 언니는 장독 뒤에 숨어서, 동생은 담 밑에 숨어 흐느껴 울었습니다. 그러다가 서로 눈이 마주쳤습니다. 자매 둘 다 청년을 짝사랑하고 있었습니다.

얼마 뒤, 청년이 전쟁터에서 죽었다는 소식이 날아왔습니다. 자매는 너무나 슬퍼 '용림'이라는 연못으로 갔습니다. 연못가에서 목 놓아 울던 자매는 꼭 껴안은 채 연못으로 뛰어들었습니다. 이듬해 봄, 연못가에 나무 두 그루가 자라기

2021. 9.
현곡면 오류리
땅나무와 등나무

나무가 들려주는 이야기

시작했습니다. 나무는 한 나무처럼 서로 뒤엉켜 자랐습니다. 나무는 봄이면 청등·홍등 같은 예쁜 꽃을 피웠습니다. 동네 사람들은 자매가 죽어서도 짝사랑한 청년을 위해 '등불'을 달았다고 믿었습니다. 그 꽃을 '등꽃'이라 이름 짓고 얼키설키 자라는 나무를 '등나무'라고 불렀습니다.

그런데, 죽은 줄 알았던 청년이 훌륭한 화랑이 되어 돌아왔습니다. 청년은 자매의 슬픈 이야기를 들었습니다. 목숨을 바칠 정도로 자신을 사랑했던 자매를 생각하니 너무 가슴이 시렸습니다. 청년은 하루하루 죄인의 마음으로 지냈습니다. 결국, 청년도 용림에 몸을 던져 목숨을 바친 사랑에 목숨으로 보답했습니다.

청년이 죽은 뒤 연못가에 팽나무 한 그루가 자라났습니다. 마을 사람들은 청년의 화신이라 믿었습니다. 해마다 봄이 되면 등나무가 청꽃·홍꽃을 피웠습니다. 두 등나무는 힘껏 껴안듯이 팽나무를 감고 올라갔습니다. 세상의 어느 사랑이 저리 지순하며 죽어서도 껴안을 만큼 간절할까요.

희붐한 새벽빛을 물리고 등나무·팽나무 아래 서 있습니다. 해가 천 번이나 뜨고 졌는데, 두 나무는 줄기를 줄기차게 뻗었습니다. 팽나무는 몸통 껍질을 떨어내며 가지를 쑥쑥 밀어내고 있습니다. 팽나무가 제 가지에 얼마나 많은 마음을 쏟았는지 알 수 있을 것 같습니다. 굵은 가지와 작은 가지가 얼키설키 어울립니다. 자매와 함께 현생에서 어우렁 더우렁 살았다면 얼마나 보기 좋았을까요.

이제는 등나무를 봅니다. 등나무는 팽나무보다 줄기가 가느다랗습니다. 그런데 줄기는 작지만 옹골차 보입니다. 등나무 줄기를 만져 보았습니다. 간절함일까요, 절박함일까요, 등나무 줄기는 꼿꼿하면서도 부드럽게 팽나무를 힘껏 타고 올라갑니다.

전설의 자매는 한 남자를 놓고 갈등하지 않았습니다. 서로가 서로에게 양보하며 애달픈 사랑을 안으로 삭히려 애를 썼습니다. 갈등의 한자어는 葛(칡)과 藤(등나무)입니다. 칡과 등나무 줄기는 감아올리는 방향이 다릅니다. 칡은 오른쪽에서 왼쪽으로, 등나무는 왼쪽에서 오른쪽으로 감습니다. 갈등은 서로 얽히듯이 뒤엉켜 있는 상태를 말하지요.

등나무의 꽃말은 '사랑에 취하다' 입니다. 알고 나니 사랑에 취한 자매 청등·홍등이 떠오릅니다. 서로의 사랑을 지켜가며 한 발 한 발씩 자랐지요. 그렇게 등나무는 약한 부분을 이끌어주며 곱고 아름다운 꽃을 주저리주저리 피워냈

습니다. 자매는 어느 한 사람에게 상처를 주지 않고 서로가
나누는 사랑을 지금도 온몸으로 보여줍니다.

　우리는 가끔 후회합니다. 내 감정에 너무 솔직하여 옆
사람에게 상처를 줍니다. 상처를 주는 말은 한쪽에서 한쪽
으로 내뱉는 화살과 같습니다. 툭 내뱉지만 맞은 사람은 몹
시 아픕니다. 피를 흘리기도 합니다. 그런데도 우리는 아무
렇지 않게 사랑해서 솔직하다고 말합니다.

　나 또한 그렇습니다. 굽은 나무가 마지막까지 산을 지키
고, 고향 하늘 아래 산다는 이유로 많은 말을 거침없이 뱉
었습니다. 한 가지에 나고 자랐다는 것만으로 상처를 주었
습니다. 사랑하니까, 그럴 수 있다는 구실로 하고 싶은 말을
다 했습니다. 때로는 밉고 때로는 보기 싫었다는 게 솔직한
말입니다. 그런데 뒤돌아보니 누군가가 내 곁에 있었습니
다, 갈등하지만 한데 어울려 끊임없이 서로를 타고 등나무
같은 사람.

　등나무는 등지고 살지는 않습니다. 나무 지지대에 등을
대고 살아갑니다. 어느 시인은 '가장 고통스러운 것은 그대
의 등을 바라보는 일'이라고 합니다. 그런데도 등 돌리는 아
픈 사연이 있었나 봅니다. 어린 시절부터 추억을 쌓은 벗들

이 어깨동무한 등, 아버지의 든든한 등, 우당탕했던 형제들의 등을 생각해 봅니다.

등신(藤身)처럼 줄기와 가지가 뒤엉켜 살더라도 등지지 말고. 등을 대면서. 그렇게 어우렁더우렁 살아야겠습니다.

# 14

나이테를
읽고
민초의 삶을 읽고

나이테를 읽고 민초의 삶을 읽고

# 영웅을 기억하는 은행나무

하늘 구름 몇 점 지상을 내려다보며 떠간다. 잠자리가 투명한 날개를 휘저으며 한낮을 유영한다. 잘 가꾼 들판에 바람이 벼들을 쓰다듬고, 노릇노릇 알곡이 익어간다. 세간리 은행나무에도 때맞춰 가을바람이 머문다.

아름드리 은행나무는 몇 아름이나 될까, 홍의장군 곽재우 생가의 은행나무는 두 팔을 벌려도 다 안아 볼 수도 없다. 600년 살아있는 혼을 느꼈다는 것만으로 왜소했던 내 품이 넉넉해지는 것 같다. 잠시 너른 품에 안겨 살포시 눈을 감는다.

은행나무를 '살아 있는 화석'이라 부른다. 나이가 수백 년에서 천 년이 넘는 고목이 많다. 그동안 몇 번의 혹독한 빙하시대를 지나면서 살아남았다. 은행나무는 덥거나 춥지 않으면 어느 곳에서나 살아갈 수 있다. 아무리 오래된 나무라도 줄기 밑에서 새싹이 돋아날 수 있게 한다. 또한, 잎과 열매에 강한 독성을 지니고 있어 외부에서 공격하는 물질을 느끼면 악취를 내뿜어 적을 물리친다.

은행나무를 돌아본다. 외침을 이겨내느라 둥치가 움푹 파여도 여전히 하늘을 떠받들고 섰다. 몸은 노쇠해도 잎은 무성하고 열매가 주렁주렁 열었다. 남쪽 가지에는 여인의 젖가슴을 닮은 유주가 볼록하게 돋았다. 저 유주에 빌면 아기를 준다는데, 은행나무의 영험을 믿은 까닭이다.

외침에 강하다고 해서 다 살아남는 것은 아니다. 모진 삭풍이 휘몰아쳐도 꿋꿋이 견뎌야 한다. 대지를 태울 것 같은 가뭄이 들면 땅 밑으로 뿌리를 뻗고 또 뻗어 물길을 찾는다. 태풍에 가지가 부러져도 비명조차 지르지 못하고 자신을 치유한다. 묵묵히, 오롯이, 은행나무는 그렇게 조금씩 높이와 둘레를 키워 오늘의 아름드리가 되었을 것이다.

역사의 나이테를 읽다 보면 민초의 삶이 있고 한가운데 걸출한 인물이 있다. 그 인물이 사리사욕을 채우지 않고 민초를 위한 희망의 푯대를 세웠을 때, 우리는 그를 영웅이라고 부른다. 은행나무 나이테에는 홍의장군 곽재우의 이야기가 기록되었을 것이다. 동무들과 고샅길을 뛰어다니는 것을

2021. 9.16
곽재우 생가 은행나무

나무가 들려주는 이야기

보았겠고, 골목대장 노릇을 하는 것을 보고, 더 나아가 이 나라를 지킬 장수가 되리라 생각했겠지.

곽재우 장군은 마흔이 넘은 고령이었지만 사재를 털어 의병을 모집하고 홍의를 입었다. 창이 없으면 죽창을 들고 총이 없으면 활을 들고 왜병에게 저항했다. 은행나무 아래서 발화해 온 고을로 번진 함성은 이 골짜기에서 저 골짜기에 울렸으리라. 마을마다 아귀찬 백성들은 조상이 물려준 우리 땅을 지키려 뜻을 모았다. 그 승전고가 팔도로 울려 의병들의 사기를 북돋웠을 것이다.

은행나무는 누구에게나 사랑받으며 오래 산다. 오늘처럼 쏟아지는 여름 볕을 어서 피하라고 넉넉하게 그늘을 내준다. 뜨거운 햇볕을 다 토해내고 선선한 바람이 불면 노오란 색으로 갈아입고 쉼터를 마련한다. 노랗고 화사한 이파리들은 책 속에 납작이 엎드려 추억으로 남는다. 늦가을 은행나무를 보면 노란 성전(聖殿)같이 보인다.

영웅은 가도 정신은 살아있는 화석처럼 남는다. 장군을 위해 힘이 되고 그늘이 된 나무는 아직도 정정하다. 오랜 역사의 목격자는 곽재우 장군을 노블레스 오블리주를 실천한 충의의 인물로 말년에는 초야로 돌아간 선인(仙人)이라고 전설한다.

贈李完平元翼 완평군 이원익에게 드림

心同何害跡相殊 마음만 같다면 행실 다름이 무슨 상관 있
으리오
城市喧囂山靜孤 시중은 시끄럽기만 하고 산중은 고요하
기만 하네
此心湛然無彼此 이 마음은 담담하여 시중과 산중의 구별
이 없으니
一天明月照冰壺 온 하늘의 밝은 달이 깨끗한 마음을 비추
리

　생가에 들러 장군의 자취를 느끼다가 한시 한 수 받아
적는다. 시끄러운 세상을 벗어난 장군이 완평군에게 보낸
글이다. 초야로 돌아가 청빈하게 사는 선인(仙人)의 마음이
달빛처럼 비치는 것 같다.
　생가를 떠나 충익사로 향한다. 마을을 나와 뒤를 돌아본
다. 사백 년 전, 홍의장군의 호령 아래 의병들의 함성과 우

렁우렁 忠義의 북소리가 들리는 것 같다.

충-의 충-의 충-의

아름드리 은행나무의 정신을 품고 오는 길, 장군이 남긴 위대한 흔적들이, 은행처럼 마음속에 알알이 맺힌다. 가을 곳간처럼 마음이 꽉 차는 느낌이다.

# 15

나도 밤나무다

## 너도 나도 밤나무

갓길 한적한 곳에 무인계산대가 있다. 걸음을 멈추고 다가가 보았다. 거기에는 서너 봉지의 밤이 새 주인을 기다리고 있다. '한 봉지에 만원입니다.'라는 명찰을 달고. 밤이 든 봉지를 들었다, 놨다. 하다 그냥 내려놓았다. 주머니를 뒤져 보니 현금이 없다. 무인계산대가 있는 뒷산에는 골짜기마다 밤나무가 있을 것이다.

해마다 이맘때면, 작은 배낭에 얼음물 하나 챙기고 뒷산에 올랐다. 밤나무 아래는 입을 벌린 밤송이가 수북이 떨어져 있다. 나무에는 가시 달린 밤송이가 알밤을 금방이라도 떨어뜨릴 듯 입 벌렸고, 아직은 아니라고 가지에 매달려 바람 그네를 타고 있다. 아슬아슬하게 가지가 바람에 흔들리면 밤나무 몸통을 세차게 발로 찬다. 후드득, 후드득 알밤 떨어지는 소리가 났다. 땅에 흩어진 밤송이를 모아놓고, 양

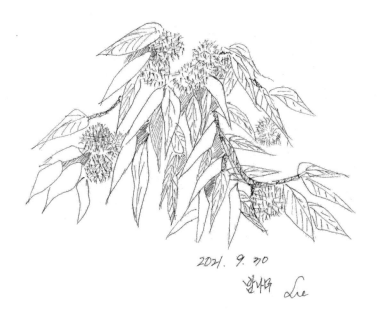

2021. 9. 30

밤나무 Lee

나무가 들려주는 이야기

쪽 신발 사이에 밤송이를 놓는다. 다음에는 나무꼬챙이로 살살 밤송이의 입을 벌린다. 몇 번을 쿡쿡 찌르면 반들반들한 알밤이 보인다. 알밤을 덥석 잡아, 매번 가시에 찔리기도 했다.

밤송이를 까는 일은 손이 많이 간다. 밤송이는 누구도 건드리지 말라고 안팎으로 두 번이나 싸매고 있다. 그것도 모자라 뾰족한 가시를 최전방에 보초를 세워놓고 알밤을 지키고 있다. 그런데도 가시를 헤집다 손에 가시가 박혀도 알밤을 꺼내면 골대를 지키는 골키퍼를 피해 골을 넣은 듯 신났다.

이 골짜기가 분명하다. 무인계산대에서 산을 훑어보았다. 그래, 이번 추석 차례상에 내가 주운 밤을 올리자. 오래된 기억이지만, 이 골짜기에 밤나무가 많이 있었지 싶다. 어린 날 발자국을 찍은 골짜기가 분명하다. 두어 걸음 떼자, 갈색빛의 늙은 밤송이가 군데군데 보였다. 두 눈 크게 뜨면 숨어 있는 알밤을 찾을 수 있겠지. 그래 여기서 한 주먹만 줍자.

밤나무를 뜻하는 한자는 栗율이다. 나무 위에 밤송이가 달린 모습을 형상화한 것이다. 밤나무는 땅속에 밤톨이 씨

밤인 채로 썩지 않고 있다가 밤이 열리고 난 후에 썩는다. 밤나무는 자신이 태어난 삶의 뿌리가 어디서 왔는지 근본을 잊지 말라 한다. 근본은 보이지 않는 곳에 감춰져 있거나 이면에 잠재되어 있다. 근본을 둘러싼 꾸밈의 포장이나 가식을 걷어내면 볼 수 있다.

그렇게 다 걷어내고 흠 없고 정결한 밤, 조상을 생각하는 깊은 마음을 담아 차례상에 올린다. 밤은 조상과 영원히 연결되어 있다. 제사상에 올리는 과일인 '조율이시(棗栗梨杮)'에도 '栗'은 두 번째 서열이다. 제사가 끝나면 밤에 손이 갔으니, 우리네 조상은 아이들 손이 가는 순서대로 과일을 놓았나 보다.

너도밤나무에 전해지는 이야기가 있다. 옛날에 한 스님이 지나가다 어린아이를 보고 호랑이로 인해 죽을 운명이라 말했다. 아이 아버지가 깜짝 놀라 대책을 묻자, 스님은 밤나무 백 그루를 심으면 괜찮다고 했다. 며칠이 지나 호랑이가 아이를 잡으러 왔다. 아버지는 밤나무 백 그루를 심었으니 당장 물러가라 했지만, 호랑이는 꿈쩍도 안 했다. 으르렁거리며 호랑이는 한 그루가 말라 죽었다며 당장 아이를 잡아가려 했다. 아버지는 어쩔 줄 몰라 당황하는데, 옆에 있던 나무가 "나도밤나무다."라고 말했다. 그 소리가 얼마나 또록또록했는지 호랑이는 한마디 말도 못 하고 뒷걸음질했다. 아이의 아버지는 감격의 눈물을 흘리며 그 나무에 "그래, 너도밤나무다."라고 말했다고 한다. 나도밤나무는 밤나무와 열매가 조금 다르다. 그런데도 나도밤나무라고 우기는 것이 재미있다.

이이의 호 '율곡(栗谷)'도 밤나무에서 따왔다. 이이의 아버지인 이원수가 관직에 있을 때 앞으로 상서로운 일이 닥칠 것을 대비하여 밤나무 천 그루를 심었다는 전설이 있다. 덕분에 율곡은 실제로 어려운 일을 면하고 공부에만 전념할 수 있었다고 한다. 밤나무가 심어졌던 동네 이름도 율곡리(栗谷理)라 지었다.

밤나무 그늘이 빽빽하고 넉넉해 하늘조차 보이지 않는다. 이렇게 큰 나무 아래서 두 눈 크게 떴는데 밤이 보이지 않는다니. 몇 번을 둘러봐도 오래전에 떨어져 색이 바랜 밤송이만 여기저기 흩어져 있다. 푸석한 가시를 달고 땅에 박힌 채로. 혹시 알밤이 떨어져 있을까 싶어 두리번거렸지만 허탕이다.

발길을 돌리는데, 도토리나무가 보인다. 도토리나무들

이 나도밤나무라고 선창하면 뒤에서 나도밤나무라고 가지를 흔들고 합창하면 좋으련만. 밤나무와 도토리나무는 서로 4촌이나 육촌쯤 되지 않을까. 조금은 비슷해 보이는 도토리가 반들반들한 얼굴을 내밀고 수풀에 떨어져 있다. 얼른 몸을 굽혀 밤 대신 도토리를 줍는다. 이쪽저쪽 주머니에 도토리가 불룩하다.

아무렴 어떤가. 밤이든 도토리든 줍는 재미 아닌가. 너도, 나도.

나무가 들려주는 이야기

# 16

가로수길의 낭만가객

# 플라타너스에 추억 걸렸네

하늘 높이 양떼구름이 몽글몽글하다. 산들바람이 양떼구름을 물리고 그 자리에 새털구름을 얹는다. 가을하늘이 그린 수채화 아래 플라타너스도 높다랗게 이파리를 달고 서 있다. 기억 속의 한 풍경이다. 플라타너스 이파리를 타고 희미한 흑백사진 속으로 떠난다.

초등학교 때, 플라타너스는 약속장소였다. 수업을 마치고 운동장을 가로질러 플라타너스 아래 모였다. 십리 길을 혼자 가면 심심해서 친구들과 몰려다녔다. 나무 아래 친구의 가방이 하나둘 던져졌다. 가방 서너 개가 쌓이면 우리는 비석치기를 하고 그림자밟기 놀이를 했다.

매번 늦게 오는 친구가 있었다. 받아쓰기를 통과하지 못했거나 숙제를 하지 않았거나 준비물을 빠트린 친구이다. 우리는 반이 달랐지만, 늦게 오는 친구를 기다리며 나무 아래서 뛰어놀았다. 한참을 소리 지르고 노느라 다리가 뻐근해질 때쯤, 친구가 왔다. 그러면 교실에 남아서 뭐 했노? 청소했나? 숙제했나? 한 사람이 하나씩 묻고는 대답도 듣지 않고 가방을 챙겼다. 친구의 처진 어깨를 동무하며 한 손으로 가방을 들어 올려 주었다. 교정을 빠져나갈 때쯤 플라타너스 잎에 노을이 내려앉았다.

플라타너스는 넉넉하고 우람했다. 내 몸의 몇 배나 되는 나무 몸통에 기대 지그시 눈을 감았다. 감고 있는 눈에 구름이 내려 나를 감싸고 햇살이 조물조물 생각을 빚자 상상하는 것들이 말랑말랑하게 만들어졌다. 큰사람, 넓은 사람, 돈 많은 사람, 그리고 따뜻한 사람이 되어야지. 저 플라타너스처럼 풍성하게 그늘을 드리워야지. 그렇게 우리는 플라타너스 아래에서 꿈을 키웠다.

플라타너스 가로수 길에는 낭만이 깃든다. 낙엽이 쌓여 바스락거리는 곳에 연인들이 손잡고 걷는다. 걸을 때마다 낙엽이 소곤대는 것은 연인의 마음이 움직이는 소리다. 콩닥콩닥, 쿵쾅쿵쾅, 심장이 멋대로 나대는 소리를 감추며 걷기에 좋다. 저물녘에 부는 바람 한 자락은 연인들의 맞잡은 손을 더 감싸게 한다. 커다란 나뭇잎 하나 주워 얼굴에 대고

2021. 10. 14
플라타너스 가로수길

나무가 들려주는 이야기

속삭이면 한쪽 어깨가 살짝 기울어진다.

플라타너스는 성장 속도가 빨라 대기 중의 오염물질을 걸러준다. 자동차 도로에 플라타너스가 양쪽에 쭉 뻗어 있다. 나무는 자동차가 내뿜는 매연을 그대로 받아들인다. 나무의 넓적한 잎은 자동차의 시끄러운 소리를 흡수하여 방음에 도움이 된다. 오염된 공기를 깨끗하게 하는 능력은 다른 어떤 나무보다 뛰어나다. 이미 오래전 그리스에서도 플라타너스를 가로수로 심었던 이유다. 영국 런던을 비롯한 세계의 이름난 대도시의 가로수로 플라타너스는 빠지지 않는다.

언제부턴가, 플라타너스가 사라지고 있다. 점점 설 자리를 잃어버린 플라타너스. 가을이 깊어지면 큰 잎이 떨어져 도로 가장자리에 수북이 쌓인다. 제때 치우지 못하면 상수도의 구멍을 막아 비가 오면 물이 넘치기도 한다. 그리고 씨에 있는 털이 날려 기관지 알레르기를 일으키는 원인으로 알려졌다. 최근에는 '이소프렌'을 많이 배출하여 공기 중의 오존을 증가시킨다는 주장이 있다. 매연 속에서 견디느라 애쓰는 플라타너스의 몸부림일 수 있겠다.

플라타너스의 공식적인 우리 이름은 '버즘나무다' 처음

나무가 우리나라에 들어왔을 때 나무의 껍질이 얼룩덜룩해서 버짐나무라고 불렀다. 그리고 옛날 사투리로 부르던 그대로 버즘나무라 한다. 가난하던 시절 영양이 부족한 까까머리 어린아이들의 마른버짐이 생각난다. 아니면 수피를 만지면 피부병이 날 것 같은 이름이다. 차라리 영어 이름 그대로 플라타너스라 쓰면 좋겠다.

플라타너스는 한 아름의 추억을 안고 있다. 그 나무를 보며 시인은 우리를 향해 묻는다. 꿈을 아느냐고, 플라타너스 너의 머리는 파아란 하늘에 어느덧 젖어 있단다. 가을이면 입에서 흥얼거리는 노랫말은 가을이 다 가도록 그리운 얼굴이 생각나게 한다. 그리고 말하지 않아도 아는 우리들의 약속장소 플라타너스, 그 아래 영화가 있고 시가 있고 추억이 있다.

어른이 되자 플라타너스는 그저 그런 나무였다. 나이가 들어가니 도로에 줄 서 있는 플라타너스가 다시 보였다. 나무가 품고 있는 숱한 회상을 불러왔기 때문이다. 이제 플라타너스가 사라지면 추억을 소환하는 풍경도 사라질 것이다.

나무가 들려주는 이야기

# 17

식어버린 열정을 되살리고

식어버린 열정을 되살리고

# 배롱나무, 너를 보며 붉은 차 한잔을

누구나 한 번쯤 열정을 불태우고 싶을 때가 있다. 붉게 타오르는 마음을 일으켜 무엇을, 모든 것을, 더 많은 것을 이루려 두 주먹 꽉 잡는다. 마음과 달리 팍팍한 오늘 하루를 살다 심장의 박동이 느려지고 현실과 자주 타협한다. 뜨겁던 마음이 재처럼 사위어갈 때, 배롱나무를 보라고 말하고 싶다.

배롱나무를 쓰다듬으면 가지가 흔들리는 것을 느낄 수 있다. 배롱나무를 만지면 간지럼을 타듯 흔들린다고 해서 붙여진 별명이다. 나무의 수피는 상처가 났다가 아물어 딱지가 떨어진 것으로 보인다. 수피를 찬찬히 들여다보면 생각과 다르게 나무는 매끈하고 부드러워 자꾸 만져보고 싶을 정도다.

화무십일홍 권불십년花無十日紅 權不十年(아무리 아름다

운 꽃도 열흘을 넘기지 못하고, 아무리 막강한 권력이라고 해도 10년을 넘기지 못한다.)

제아무리 예쁘고 향기로운 꽃도 열흘을 넘기지 못하고, 짧은 시간 동안 제 할 일을 다 하고 떨어진다. 예쁜 꽃은 예쁘게 피워 사람의 발길을 들게 하고, 향기로운 꽃은 나름의 향기를 뿜어 벌, 나비를 부른다. 배롱나무는 붉은 정열을 타고 나지 않았을까. 며칠도 아니고 백일동안 붉은 꽃을 피워 사람을 끌어당기니 말이다.

옛 선비들은 뜰에 배롱나무를 심어놓고 수시로 가까이 했다. 다른 나무와 다르게 오랫동안 꽃을 볼 수 있어 그 붉은 꽃의 정열을 삶에서 배우고 싶어서이다. 배롱나무는 주로 서원의 뜰이나 성인들이 살았던 마당 한쪽에서 주로 볼 수 있다. 그래서 신선계를 상징하기도 한다.

해마다 여름이면 습관처럼 찾는 곳이 있다. 안동 병산서원에 피어난 배롱나무꽃을 보기 위해서다. 배롱나무의 꽃이 내 눈에 든 지가 수십 년이 되었지만, 병산서원의 배롱나무는 잊을 수가 없다. 봄이면 파릇한 기운으로 꽃을 피우고, 여름이면 푸른 물결로 출렁이고 붉은 꽃망울이 오래오래 서원의 뜰을 밝혔지.

2011. 봉담정 배흥나무

Lee.

서원의 복례문에 들어서면 어디선가 하늘 천 땅 지, 검을 현 누를 황 …… 유생들의 글 읽는 소리가 들리는 듯하다. 하늘과 땅의 진리를 해독하고자 숱한 날을 공부에 정진하고 가끔은 배롱나무 곁에서 시 한 수 읊고 마음의 영역을 넓혔을 것이다. 천자문을 읽을 줄 안다고 세상을 다 깨우친 것이 아니듯 삶을 학문만으로 다 여물게 할 수 있을까. 생각이 꼬리를 물고 마음을 풀어놓으니 걸음마저 느릿해진다.

배롱나무를 다시 보러 갔다. 병산서원이 아닌 경주시 현곡면 용담정이다. 숲길이 아담하고 가파르지 않아 두어 시간 나들이로 제격이다. 이곳은 동학의 발생지이며 천도교의 성지다. 용담정 마루에 앉아 오감을 열어놓고 배롱나무를 멍하니 바라본다. 고요가 깊어지면 마음 한 곳에서 부싯돌이 일어 뜨거운 바람이 분다. 그 바람은 산골짜기에서 불어오는 바람과 맞잡고 용담교를 건너 작은 폭포를 휘감아 내게로 온다. 점점 더 크게 요동하며 지난여름에 붉게 꽃피운 배롱나무에 닿는다. 다음 꽃을 더 붉고 정열로 피우고자 배롱나무를 붙든다.

성삼문 「백일홍」

지난 저녁 꽃 한 송이 떨어지고
오늘 아침에 한 송이 피어서
서로 백일을 바라보니
너를 대하여 좋게 한잔하리라

숲길을 돌아 한적한 카페에 머문다. 햇볕 잘 드는 창가에
앉아 따뜻한 차 한 잔을 마신다. 창밖에는 배롱나무 가지가
가을바람에 살랑거린다. 지난여름 뙤약볕에 백일동안 붉은
꽃을 피운 나무는 이제 내 찻잔에 들었는가, 그동안 식어버
린 정열을 다시 불태우리라.

# 18

잘 차린 가을 한 상

잘 차린 가을 한 상

# 붉음, 그 마지막 정열을 사르다

　겨울로 가는 길목, 수목원은 만산홍엽(滿山紅葉)이다. 찬 바람이 이 골짝에서 저 골짝으로 불자 나무들이 서둘러 다른 색깔로 잎을 물들인다. 사람도 울긋불긋한 옷을 입고 수목원을 찾는다. 이들의 와자한 소음을 잘 버무리면 산정에는 푸짐한 가을 한 상이 차려진다.

　붉은 꽃등이 내준 길을 따라 걷는다. 바람 한 자락에 나뭇잎이 화르르 떨어진다. 단풍나무가 잎을 떨어뜨려 푹신한 융단을 깔아 놓았다. 단풍의 해사한 빛에 이끌려 나무 아래 머문다. 나무가 뿜어내는 붉고 고운 열정이 고스란히 느껴진다. 나뭇잎 하나, 둘 주워 손바닥에 살포시 올린다. 군데군데 벌레가 갉아 먹고, 서로 부딪쳐 바스러진 잎이 제각각이다. 단풍잎의 크기는 비슷해도 색깔은 다르다.

　어디서나 볼 수 있는 하늘을 요즘에는 자주 올려다본다.

하늘이 맑아 고개를 들면 손에 잡히는 듯하다. 신발 끈 매고 나서면 하늘이 내려 준 풍경을 오롯이 내게 들일 수 있다. 추위가 몰려오기 전에 마지막 열정을 불태우는 나뭇잎을 보는 일은 황량한 겨울을 건너야 하는 인간에게 다음을 기약하는 위안이다.

붉은丹, 바람楓, 은행나무 잎이나 갈색으로 변하는 나무도 단풍이라 부른다. 나무의 특성에 따라 잎을 각기 다르게 물들인다. 조금 빨리 물을 들이고 햇볕에 따라서도 차이가 있다. 붉은 단풍나무 아래 서자 나도 붉게 물든다. 붉음은 사람을 모이게도 했다. 거리에 모인 '붉은 악마'의 함성은 얼마나 뜨거웠던가. 그렇게 우리는 붉음으로 무장하고 정열을 쏟아냈다.

보이는 것이 전부인가, 단풍나무가 주는 화려한 것만 보았다. 나뭇잎들은 왜 떨어질까, 왜 가장 곱고 아름다울 때 잎을 떨어낼까, 뙤약볕의 여름을 잘도 견디고 비와 바람, 몇 번의 강한 태풍에도 제 가지를 잘 챙겼는데, 나뭇잎은 가장 화려할 때 사람을 불러들이고 잎을 떨어뜨리려 하는가. 물음이 꼬리에 꼬리를 문다.

찬바람이 불면 나무는 미련 없이 잎을 버린다. 때를 놓

2021. 11.
경북수목원. 단풍나무

나무가 들려주는 이야기

치면 후회할 일이 생기니까. 버릴 때를 알았다. 그동안 광합성을 하느라 고생한 잎을 떨어뜨리기 전, 마지막 혼신의 힘으로 아름답게 핀다. 단풍이 유난히 아름다운 이유는 생의 마지막에 단풍이 단풍다운 본연의 색을 보여 주려는 것이 아닐까.

그냥 서서 엄동설한을 견뎌야 하는 나무는 최소한의 에너지만 필요하다. 가지가 많아 잎이 풍성하면 넉넉한 양의 수분이 필요하다. 가진 게 많으면 나무도 겨울을 견디기 힘이 든다. 긴 겨울 동안 얼어붙을 수도 있고, 가지마다 매달린 잎들이 눈보라에 마주할 일이 더 생길 수 있다. 나무는 추위가 엄습하기 전에 우리에게 보는 즐거움을 선물하고, 서둘러 몸을 가볍게 한다.

내 어머니는 가난했다. 잠시도 몸을 쉬지 않고 부지런히 일했다. 흙 묻은 옷이 마를 틈 없이 밭에서 살았다. 비 오는 날이 돼서야 어머니는 우리 차지였다. 가난해서 밀가루로 만든 먹거리뿐이었지만, 항상 배가 불렀다.

우리는 추운 겨울, 서로 아랫목을 차지하려고 싸웠다. 사실은 누가 더 어머니 곁에 앉을 수 있을까 경쟁했다. 아랫목에서 피어나는 어머니의 옛이야기는 상상의 날개를 펼치게 했다. 그렇게 우리는 자랐고, 지난한 삶에도 조금씩 볕이 들었다. 들창으로 스미는 햇살이 온 집안을 가득 채우고도 남을 때, 어머니는 큰 병을 얻었다.

어머니 곁에 자식들이 머물고 치료를 도왔다. 하지만, 부모와 자식이라는 끈은 정성만으로 버틸 수 없었다. 온갖 약을 써도 어머니는 점점 쇠약해지셨다. 어느 날, 이제는 안 되겠다며 자식들을 불러 모았다. 깊게 파인 어머니의 주름만큼 투박하지만, 누런빛이 나는 것을 슬며시 꺼내셨다. 손을 내민 우리에게 어머니는 팔찌를 하나씩 채워주셨다. 서로 의지하고 양보하며 둥글게 살라고 하셨다. 어머니의 얼굴에 붉은 꽃이 벙긋했다.

어머니 얼굴에도 마지막 꽃을 피웠다. 어머니가 평생을 몸담은 곳에 기부하라고 부탁했다. 어머니의 마음이 자꾸 그쪽으로 향한다며 그렇게 하고 싶다고 했다. 적지만 큰 베풂이었다. 넉넉하지 않은 자식들의 형편을 알았지만, 평생 흙 만지며 번 돈으로 어머니는 화려하고 아름다운 꽃을 달았다. 어머니의 마음이 가는 곳, 그곳을 바라보며 참 많이 기뻐하셨다. 어머니의 마지막은 단풍처럼 붉었다.

단풍나무는 얼마 남지 않은 시간을 알았다. 환경이 열악

하더라도 버려야 할 때를 알았다. 가장 아름다울 때. 이제는 무거워진 것을 하나둘 내려놓을 때이다.

사람아, 사람아, 네 생애 가장 화려할 때 조금이라도 내려놓은 적이 있는가.

# 19

# 너의이름이 무니?

너의 이름이 뭐니?

# 나무를 안다는 것

나무와 친해지는 나만의 방법이 있다. 우선 나무의 이름을 알아보고 이름을 불러준다. 다음은 수시로 나무 아래 어슬렁거린다. 나무 아래 의자가 있다면 좋고 그렇지 않다면 퍼질러 앉아도 무방하다. 한참을 그렇게 앉으면 나무의 속삭임을 들을 수 있다. 이제는 나무의 몸피를 살핀다. 안아보고 만져보며 나무의 시간을 읽어낸다.

생태공원 오솔길을 걸으면 나무를 많이 만난다. 나무의 생김이나 모양을 보고는 이름을 정확하게 알지 못했다. 잘 가꿔진 공원에는 친절하게 나무에 이름표를 달아놓았다. 너의 이름이 뭐니? 궁금해서 나무 가까이 가서 이름표를 들춰본다. 거기에는 이름과 꽃피는 때와 열매 맺는 시기가 적혀있다. 이름을 알고 나면 한결 친해진 듯하다.

인터넷을 검색해 꽝꽝나무를 찾아보았다. 두꺼운 잎을

꽝꽝나무.

불길 속에 던져 넣으면 잎 속의 공기가 갑자기 팽창하여 터지면서 꽝꽝 소리가 난다. 야무지고 단단한 것을 두고 나무의 자생지인 남도 사투리로 '꽝꽝하다'고 한단다. 실제로 꽝꽝나무는 잎이 사방으로 빈틈없이 돋아나 단단해 보인다. 그래서 꽝꽝나무라고 한단다.

꽝꽝나무를 찾으러 생태공원에 갔다. 회양목과 꽝꽝나무가 비슷해 이름표를 찾아 근처를 헤맸다. 공원 중턱을 다 헤매도 보이지 않던 꽝꽝나무가 공원 입구에서 멀지 않은 곳에 있었다. 다가가서 보니 꽝꽝나무라는 팻말을 세워놓았다. 나무를 발견했다면 이제는 어슬렁거리기다. 나무의 키가 작아 가지를 가까이서 볼 수 있다. 잎이 푸르고 가지들이 빈틈이 없다. 가지에 달린 잎 하나를 만져보았다. 이파리가 푸름을 그득 물고 있다. 꽝꽝하게.

어릴 적에 탱자나무 울타리 집에 살았다. 촘촘히 울타리가 쳐져 있어도 듬성듬성 집안이 보였다. 어두워질 때까지 노느라 부모님께 혼나는 날이 많았다. 탱자 울타리 사이로 부모님의 상황을 지켜보다 마당에 들어설 기회를 엿보았다. 막걸리를 받아 오라는 심부름을 할 때다. 구판장에서 집에 오기까지 노란 주전자 속에 찰랑거리는 막걸리를 한두 모금 마셨다. 줄어든 주전자를 들고 탱자 울타리에서 걸음을 멈췄다.

탱자나무는 촘촘히 돋아난 가시가 있다. 향기도 은은하고 하얀 꽃과 동그란 열매를 맺는다. 열매는 신맛이 강해 잘 먹지 않았다. 탱자나무를 가리키는 한자는 지(枳)인 데, 선비들의 문집에 귤의 종류로 감귤, 유자와 등자(橙子)가 언급된다. 등자는 신맛이 강한 광귤을 가리키는 단어지만 탱자의 다른 이름이다. 등자가 열리는 나무로 부르다가 탱자나무로 변했다는 설도 있다.

자귀나무는 생태공원 안쪽에 있다. 새끼손톱 반 크기의 자잘한 자귀나무 잎은 해가 지면 서로 닫히는 수면운동을 한다. 남녀가 사이좋게 안고 잠자는 모습을 연상시킨다. 야합수(夜合樹), 합혼수(合昏樹)라 하여 부부의 금실을 상징한다. 또 자괴목, 좌귀목이라고도 하는데 이름이 좌귀나무, 자괴나모를 거쳐 자귀나무로 변한 것이다. 자귀나무의 상태를 살피려고 자주 공원에 갔다. 나뭇잎이 닫히는 그 모호함의 경계에서 관찰하고 싶어 저녁때 가보았다. 매번 알 수 없었다. 아직도 자귀나무를 알아가는 길이 멀다. 자귀나무는 이른 아침과 어둠이 완전히 내린 후에 보아야 한다.

댕강나무는 나뭇가지를 꺾으면 '댕강' 부러진다고 하여 댕강나무라 지었다. 꽃이 핀 댕강나무를 보면 연분홍 꽃이 새 가지 끝에 모여 핀다. 꽃 하나하나는 긴 꽃자루를 가지고 있고 서로 떨어져 있어서, 꽃이 동강동강 피어 있다는 뜻으로 '동강나무'라 하다가 댕강나무로 되었다는 유래가 있다. 오월에 피는 댕강나무꽃은 가지처럼 댕강거리며 떨어지지 않는다. 향기를 뿜으며 살포시 내려앉는다.

층층나무의 이름이 궁금하다면 가지를 살펴야 한다. 층층나무는 줄기에서 가지가 뻗는 방식은 마주나기, 어긋나기, 돌려나기로 뻗는다. 층층나무는 가지가 거의 수평으로 여러 개가 한꺼번에 돌려나기로 자란다. 마디마다 규칙적으로 층을 이루기 때문에 '층층이 나무'라 하다가 층층나무가 되었다. 숲에서 다른 나무를 제치고 빨리 자라는 특성이 있어 폭군나무라는 이름도 있다.

이름을 안다는 것은 인식이다. 생태를 안다는 것은 관심이다. 대화를 나눈다는 것은 친구 맺기이다. 어루만지고 보듬어 준다는 것은 사랑이다. 나무 앞에 서면 나는 나무에게 무엇인가를 생각해보자.

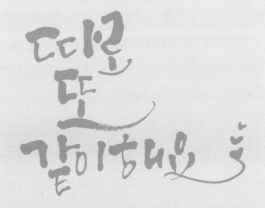

**20**

따로 또 같이 해요

# 회화나무의 힘을 느끼다

울긋불긋 잘 익은 계절, 그 이파리들이 바람에 흩날린다. 드높이 푸르던 하늘이 낮아지고 하늘 바탕을 수놓던 구름의 수채화도 슬그머니 사라졌다. 수시로 보았던 산은 붉게, 노랑으로 채색한 것들을 마지막 빛깔을 내려놓는다.

11월의 마지막 날, 영천시 자천면 오리장림을 걷는다. 산책로가 자그마한 숲길이다. 입구에는 수령이 백 오십 년이 지난 나무들이 줄지어 서 있다. 숲이 있어 홍수로부터 안전할 수 있었고, 대책 없이 불어오는 강한 바람에도 숲이 있어 견딜 수 있었다. 숲은 자천리 일대 좌우 오리에 걸쳐 뻗어 있다고 해서 오리장림(五里長林)이라 부른다. 지금은 국토 확장 공사로 많이 잘려 사라지고 자천마을 앞 군락지 몇 군데만 남아있다. 그리 오래되지 않은 1999년 4월에 천연기념 제404호로 지정되었다.

2021. 육통마을 회화나무
Lee

나무가 들려주는 이야기

우리나라에서 보기 힘든 단층 혼 유림이다. 숲에는 낙엽
활엽수인 은행나무, 왕버들, 굴참나무, 느티나무, 팽나무, 풍
개나무, 회화나무, 말채나무가 어울려 살고 있다. 상록침엽
수로는 소나무, 해송, 개잎갈나무가 자라고 있다. 나무는 도
로 가까이 제 뿌리를 내리고 몸피는 살짝 뒤틀려 있고, 가지
들은 숲을 향해 휘어져 있다. 도로에서 나는 시끄러운 소리
가 싫은지, 모두 숲을 향하고 있다.

나무는 종류대로 자라는 습성이 다르다. 그런데 이곳의
나무들은 수백 년 동안 어찌 한세월같이 했을까. 옆 지기 나
무가 쑥쑥 자라는 것에 더러는 제 키를 키우지 못할 것 같
고, 더러는 말라 죽기도 했을 텐데, 숲길에 들고 보니 특별
한 나무가 눈에 띄지 않고 같이 살고 있다. 느티나무는 느티
나무대로, 회화나무는 회화나무대로 그렇게 어울림의 숲을
이룬다.

숲에는 회화나무와 느티나무의 연리목이 있다. 연리목
은 대부분 같은 종류의 나무가 가까이 있을 때 생기는 별난
현상인데 이곳의 회화나무와 느티나무는 함께 자라고 있어
더 신비롭다. 수백 년 동안 어우렁더우렁 서로를 부둥켜안
으며 살고 있기에 계절이 깊어가는 이때도 오히려 더 다정

해 보인다.

회화나무는 학자나무라고 한다. 옛 선비들은 마을 입구에 회화나무를 심어 '학문을 게을리하지 않는 선비가 사는 곳'임을 알렸다. 그래서인지 우리나라의 유교 관련 유적지에서 회화나무를 많이 볼 수 있다. 도산서원이 배경인 천 원짜리 지폐 뒷면의 무성하게 그린 나무, 고산 윤선도가 거처한 해남의 녹우당, 안강 옥산서원 입구, 성주의 한개마을에 회화나무가 상징처럼 자리를 잡고 있다.

회화나무는 귀신이 피해 가는 나무라 여기기도 했다. 안강읍 육통리에 있는 회화나무는 마을회관 옆에서 주민들과 함께 세월을 보냈다. 고려 공민왕 때 마을에 살던 젊은이가 외적(外敵)을 물리치기 위해 전쟁터로 나가면서 이 나무를 심어놓고 부모님께 자식처럼 키워 달라고 부탁했다고 한다. 그 후 젊은이는 장렬하게 전사하였고 부모는 아들의 뜻대로 이 나무를 자식같이 여기며 가꾸어 오늘의 모습에 이르렀다고 한다. 정월 보름날이 되면 온 마을 사람들이 이 나무 앞에 모여 동제를 지내며 새해의 행운을 빌어 왔는데 마을 사람 중에서 지난 한 해 동안 아무 사고 없이 깨끗이 지내 온 사람 한 사람을 뽑아서 제주로 삼는다고 한다.

안강읍 육통리의 회화나무는 무탈한지, 가는 길이 옛 정취를 그대로 풍긴다. 회화나무 길을 따라가면 그리 어렵지 않게 회화나무를 만날 수 있다. 마을 가운데 있는 나무는 마을에 사는 주민들과 아직도 함께하고 있음을 몸으로 느낄 수 있다. 바람 한 자락 불지 않고, 마주치는 사람 한 명 없어도 왠지 '따로 또 같이'라는 말이 떠오른다. 나무를 둘러본다. 가지를 보아도 몸피를 보아도 나무의 숱한 이야기가 거기에 새겨져 있음을 알 수 있을 것 같다. 육백 년 동안 마을의 안녕과 한 젊은이의 애국충절이 한 줄 기록되어있다.

마을의 큰 나무는 수호목이다. 마을의 역사를 지켜본 나무는 기억한다. 옆집 순이는 서울로 시집가 아들, 딸 낳고 잘 살고, 뒷집 돌이는 손재주가 남 달아 손대는 것마다 승승장구하고 있다는 것을. 앞집 노부부는 앞서거니 뒤서거니 생을 마감하는 것을 묵묵히 지켜본 증인이다.

나는 백 년도 못 살고 나무는 천 년을 산다. 나무는 천년을 살아도 백 년 사는 것처럼 함께 어울려 숲을 이룬다. 천년을 살 것처럼 저만이 호기로운 사람아 회화나무 앞에 서보라. 그 힘을 느낄 것이다.

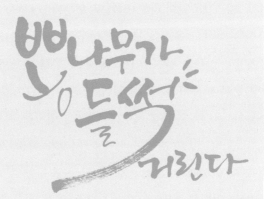

21

뽕나무가 들썩거린다

# 뽕나무에 청어가 사라졌다

어릴 적, 산골 마을에서 자랐다. 읍내에서 십 리를 더 가야만 있는 조그만 마을이다. 앞쪽에 넓은 들이 있었으나 아버지가 농사지을 평평한 땅은 없었다. 부모님은 사람의 발길이 드문 골짜기를 개간했다. 밤낮없이 비탈밭에 돌을 걸어내고 쟁기질을 했다. 그러고는 한 달에 두어 번 시장에 나가 산골에서 먹을 수 없는 생선을 사 왔다. 찬바람이 부는 이맘때 어머니는 청어과메기를 몇 두릅 사 왔다. 그러고는 뒷마당에 있는 뽕나무에 걸어놓았다.

초등학교 다닐 때, 양잠이 성행했다. 마을에 누에를 치는 사람이 하나둘 생기자 부모님도 덩달아 양잠업에 뛰어들었다. 산비탈 밭에 뽕나무를 심었다. 봄이면 아버지는 여린 뽕나무 가지를 지게 한가득 져 왔다. 마당 한 곳에 부려놓으면 우리는 가지를 훑어 뽕잎을 땄다. 오월 끝자락의 뽕

2023. 1.
추억의 봉나무를 기억하다

Lee

나무가 들려주는 이야기

잎은 마당에서도 초록으로 물들었다.

봄의 산비탈은 간식 창고였다. 우리는 사이다병을 구해 산에 갔다. 한 손에는 뽕나무 가지를 꺾어 껍질을 벗겼다. 반들반들한 속살이 보이는 꼬챙이를 들고 사이다병에 오디를 따 넣었다. 그리고 사이다병에 넣은 오디를 꼬챙이로 열심히 찧었다. 팔이 얼얼할 정도로 찧으면 오디는 사이다병에서 뽀글뽀글 거품을 냈다. 그러면 사이다병 주둥이를 입에 대고 끄트머리를 탁탁 치면 국물이 졸졸 흘러내렸다. 지금 생각하면 순수 무결점 오디주스인 셈이다. 이미 손과 입은 시커먼 보랏빛으로 물들었고, 우리는 서로를 쳐다보며 깔깔댔다.

누에를 칠 때는 불편한 동거가 시작된다. 방 하나를 언니와 같이 사용하는 것도 싫은데 누에와 같이 자는 것도 싫었다. 딸들의 의견을 묻지 않고 막무가내로 누에 방을 만들어 버리는 부모님은 더 싫었다. 그러함에도 한쪽 벽면에 누에를 위한 방을 천정까지 닿게 만들었다.

밤마다 꿈길이 무서웠다. 불을 끄고 잠자리에 들면 그때부터 바스락대는 소리가 들렸다. 다시 형광등을 켜면 소리가 들리지 않는데 불을 끄고 누우면 또 소리가 났다. 서너 번 형광등 스위치를 껐다 켰다를 반복하다 스르르 잠에 빠졌다. 또 빗소리에 놀라 화들짝 깨면 누에가 뽕잎을 갉아먹는 소리였다. 아침이면 내 머리맡에는 까맣고 동그란 누에똥이 수북했다. 누에똥만 있는 게 아니었다. 채반에 있던 누에가 자는 내 얼굴에 떨어졌다. 손가락만 한 누에가 꼬물꼬물 내 몸에서 돌아다닐 때는 몸이 뻣뻣했다.

그래도 새하얀 누에고치를 보면 마음이 맑아졌다. 손가락 두 마디만 한 고치는 순백의 색이라 여러 가지 상상의 그림을 그리기도 하고 지우기도 했다. 잘록한 허리와 통통한 몸은 소설에서 읽었던 여자 주인공 같아 혼잣말로 여러 사람의 대사를 하며 놀았다. 한참을 갖고 놀다 어머니를 도왔다. 겉에 묻은 가느다란 실을 떼고 자루에 차곡차곡 넣었다. 시골에서 유일하게 현금을 만질 수 있는 때라 우리도 한몫 거들었다.

뽕나무에 얽힌 설화가 있다. 훗날 셰익스피어의 로미오와 줄리엣의 소재가 되었다고 한다. 옛날, 피라모스와 티스베라는 한 연인이 있었다. 둘은 서로 사랑했지만, 양가의 반대로 몰래 사랑을 나눴다. 그러다가 둘은 도망을 결심하고 한 뽕나무 아래에서 만나기로 했다. 티스베는 먼저 뽕나무 아래에 도착했지만, 그만 사자를 만나 도망치게 되었다. 이 때, 티스베의 베일이 벗겨졌고 사자는 피 묻은 입으로 베일 만 건드리다 자리를 떴다. 뒤늦게 피라모스가 거기에 도착 했다. 피라모스는 티스베의 피투성이 베일만을 보고 그녀가 죽었다고 오해했다. 그는 절망해서 바로 자살하고 티스베는 한발 늦게 이를 발견했다. 절망한 티스베도 피라모스를 따 라 죽고, 이 둘의 피는 뽕나무에 스며들어 뽕나무 열매를 빨 갛게 만들었다고 한다.

겨울이면 뽕나무가 들썩거린다. 추위가 시작되면 뽕나 무에 걸어 두었던 과메기를 꺼내느라 수시로 나무를 기웃 거렸다. 어머니는 자주 마루에 앉아 꾸덕꾸덕한 청어 과메 기의 껍질을 벗겼다. 누런 쌀 포대기에 대가리 자르고 내장 걷어내고 뼈를 추리고 살점을 발라냈다. 두레 밥상에 앉은 우리는 밥그릇에 초장을 담아놓고 어머니의 손을 살폈다. 아버지 한 입, 어머니 한 입, 우리들 한입, 차례대로 먹었다. 씹을수록 고소한 맛이 오래 남았다. 청어의 비릿함 보다 고 소함이 더 강했다.

뽕밭은 데이트 장소로도 최고였다. 상전벽해(桑田碧海) 를 이룬 뽕밭에 뽕잎을 따려면 몸을 숙여야 하니 은밀하고 자연스러운 만남에 제격이다. 요즈음 청춘 남녀의 데이트 장소는 어디일까. 얼굴을 돌리면 바로 닿을 수 있는 어둑하고 은밀한 영화관일까. 상대의 숨소리까지 들을 수 있는 그런 영화관이 좋겠다.

이제 뽕밭은 사라졌고 뒷마당 뽕나무에 걸쳐놓은 과메기도 사라졌다. 연인들이 속삭이던 장소도 없어졌고, 내 유년의 따스한 윗목의 그리움도 사라졌다. 그래도 상주시 은척면 두곡리에 삼백 년 된 뽕나무가 있다고 하니 참 다행이다. 봄이 오면 그곳에 가서 추억을 회상해볼 요량이다.

나무가 들려주는 이야기

# 22

주목나무를
주목하라

주목나무를 주목하라

# 파락호 숨은 뜻을 품은 나무

고택의 문턱이 낮아 선뜻 들어서는 걸음이 가볍다. 어디론가 가려는 듯 어머니와 아들 형상의 모자석이 길손을 맞는다. 그뿐인가. 하늘의 구름이 내려와 앉은 천운석, 마당에 떡하니 앉아 복을 부르는 복두꺼비, 장수를 기원하는 거북바위, 학봉선생구택(鶴峯先生舊宅)에는 형상들이 주인이다.

참봉 김용환 선생은 희대의 기인이었다. 안동의 양반 부호들에게 은밀하게 자금을 받고 강제로 모금도 하였다. 대대로 내려오던 땅 13만 평을 팔아 보태고 300년을 내려오던 학봉종가를 팔았다. 그러면 문중에서 다시 사들이고 팔기를 3번이나 반복했다. 이를 매서운 눈으로 노려본 일제는 요시찰 인물로 지정하고 선생의 일거수일투족을 감시했다.

그런 참봉이 별시(別市)가 열리면 어김없이 노름판에 나타났다. 노름판에는 전국의 한량과 노름꾼들이 모여들었다.

새벽녘까지 판돈이 부풀면 참봉은 엉뚱한 행동을 벌였다. 화가 난 듯 첫닭이 운 뒤의 갑오(9끗)만도 못하다며 판돈을 몽땅 머흐럽게 생긴 상대에게 침 한 번 뱉고 줘 버렸다. 또 새벽 몽둥이야! 라고 소리치면 누군가 달려들어 몽둥이를 휘두르며 판돈을 빼앗아 가 버렸다.

참봉은 매사에 철두철미했다. 일부러 노름판에서 낯선 한량이나 투전판에서 거금을 날렸다는 소문을 냈다. 명분을 만든 셈이다. 여름에도 참봉의 사랑방에는 화롯불이 꺼지지 않았다. 독립군에게 지원한 자금을 적바림한 종이 쪼가리, 사진 한 장 남기지 않고 철저히 태워 없앴다. 내막을 모르는 사람들은 그를 천하의 노름꾼, 파락호(破落戶)라 불렀다.

김 참봉은 스스로 손가락질받는 사람이 되었다. 세간의 불명예스러웠던 온갖 소문들을 뒤로한 그는 마지막까지 입을 열지 않았다. 독립을 위해 피를 나눈 동지가 비밀을 아들에게는 말해야 하지 않느냐고 했을 때도 그는 입을 다물었다. 그렇게 김 참봉은 사람들에게 가문을 말아먹은 몹쓸 사람으로 기억되었다.

의로운 일은 숨겨도 드러나기 마련이다. 나라를 위해서는 수치스러움을 감당하고 독립을 위해서는 가진 재산을

2023. 1
주목나무를 주목하다.

아낌없이 퍼주었던 참봉, 나라 사랑하는 일에 한 사람의 선 굵은 행동으로 우리는 백 년이 지나 그의 이름을 부르고 기억한다. 먼저 간 이들의 숨은 업적을 찾아 기리는 것도 남은 자들의 몫이 아닌가.

살아 천년, 죽어 천년 간다는 주목(朱木)이 고택 곳곳에 있다. 별다른 주목(注目)을 받지 못하다가 어느 순간 관심을 받은 나무가 주목이다. 선생도 살아서는 노름꾼, 한량, 파락호로 기억되다 지금에서야 사철 푸른 성품이 알려졌다. 선생은 살아 백 년도 못 살았지만, 그 정신은 죽어 만 년이 갈 것 같다. 주목나무를 만나러 갔다가 오히려 학봉종택에 마음을 빼앗긴 날이다.

내 아버지도 별시가 열리는 곳에 어김없이 나타났다. 돈을 따기 위해 눈동자가 번뜩이는 날이었다. 노름꾼들이 깔아 놓은 멍석에서 아버지의 목소리는 탐욕스러웠다. 종지 안에 윷을 넣고 멍석 끄트머리에서 아버지는 주문을 외웠다. 그리고는 종지를 흔들며 허잇! 기압을 넣고 멍석 가운데로 던졌다. 아버지에게는 놀이였지만, 놀이로 가산을 탕진했고, 꾼들에게 아버지는 너무나 만만한 허릅숭이였다.

오일장, 부숫그리는 대폿집 모퉁이에 노름판이 생겼다.

화투 몇 장을 손가락에 끼우고 콧김을 불어 기를 모았다. 그러나 돈 놓고 돈 먹는 눈치 싸움에 배포를 부려보지 못하고 화투장을 일찍 내려놓았다. 마지막에 다 털리면 개평 몇 푼 얻어 독주를 마셨다. 높은 명예와 많이 가진 자를 향한 욕이 안주였다.

아버지가 말하는 세상은 쉽게 오지 않았다. 어렸던 생각이 자라고 몸이 자랄 때까지 아버지는 어떤 것도 행동으로 옮기지 못했다. 곳간의 쌀독이 비어도 앞마당에 잡초가 무성하여도, 아버지가 꿈꾸던 세상은 올 것이라 여겼다. 세상을 바꾸기 위해서는 그만한 노력을 기울여야 하는데, 아버지는 오히려 세상을 힐난하며 가장자리를 맴돌았다.

아버지와 김 참봉이 교차된다. 아버지는 내일을 속절없이 기다렸지만 김 참봉은 내일을 열기 위해 돈과 명예를 다 던졌다. 아버지는 입으로 세상을 탓했지만 김 참봉은 몸으로 세상을 바꾸었다. 같은 사내지만 가슴에 품은 달랐던 것이다. 김 참봉의 큰 뜻 앞에서 나는 오늘 노름꾼 아버지가 한없이 작아 보인다.

종택을 한 바퀴 돌아 사랑채 마루에 앉는다. 마루 구석에 빛바래고 먼지 쌓인 방명록이 펼쳐져 있다. 한 장 한 장

나무가 들려주는 이야기

넘겨본다. 누군가 "사랑채 제비처럼 처마 밑에라도 깃들고 싶다."라는 글을 남겼다. 아하! 감탄사가 절로 나온다. 나 또한 잠시 눈을 감고 파락호, 그 숨은 뜻에 깃들어본다. 난세를 품어도 좋을 만큼 우람하다.

바람 소리에 눈을 뜨고 하늘을 바라본다. 먼 봉우리 위에 구름 몇 점 하얗게 내려다보신다. 학봉종택의 주목나무에 가 닿는다. 나는 거기서 아버지의 내력을 생각하고 참봉의 내력을 읽고 살아서 주목을 받지 못했던 아버지와 참봉을 기억한다. 이제 죽어 천년 간다는 나무아래 참봉이 품었던 때를 넘어 더 이어지길 바란다.

23

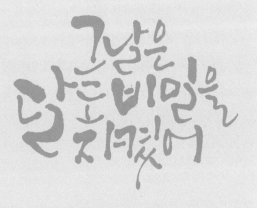

그날은 달도 비밀을 지켰어

# 그날은 달도 비밀을 지켰어

평소에 사과를 먹지 않아도 괜찮다는 이런저런 핑계를 댄다. 그런데 어쩌다 지인이 보낸 사과상자가 도착한다. 선물 받은 사과를 가까운 사람에게 나누기도 하고 몇 개씩 담아 냉장고에 보관한다. 이럴 때는 아침에 사과 하나씩을 꺼내 식탁에 놓는다.

빨간 홍옥이다. 절반을 잘라 사 등분 하고 나머지는 그대로 둔다. 그대로 둔 빨간 사과에 햇살이 밀치고 들어와 더 빨갛다. 사과 한 쪽을 먹기도 전에 벌써 침이 고인다. 과즙이 가득한 사과를 한 입 베어 문다. 참 달콤하다. 사과를 씹으면서 달콤하고 살벌했던 첫서리에 관한 추억을 떠올린다.

숙이네 집에서 조금만 더 내려오면 마을 공동 빨래터가 있다. 그곳은 우리의 아지트였다. 거기서 기다리면 친구들이 하나둘 모였다. 과수원집 숙이는 사과 궤짝에서 꺼낸 사

2023. 1

사과나무아래

나무가 들려주는 이야기

과를 한 아름 안고 왔다. 주로 벌레 먹거나 쪼그라든 것이었다. 그것도 달았다. 그날 밤, 우리는 우물가에서 사과를 실컷 먹었다.

배는 부른데 뭔가가 부족했다. 우리는 서로 눈이 마주쳐 불꽃이 튀었다. 먹다 남은 사과를 한 쪽에 밀쳐 두고 모두 일어났다. 숙이네 창고에 들어가 빈 포대 하나씩을 꺼냈다. 우리는 포대기를 채워 빨래터에서 다시 만나기로 했다. 삼삼오오 나누어 조심스럽게 사과밭에 숨어들었다. 사과를 따서 포대기에 담는데, 소리가 왜 그리도 크게 나는지.

이런 도둑고양이를 봤나!

사람 소리가 났다. 맑은 달밤의 적막을 뒤흔드는 소리였다. 웅성거리는 남자 목소리가 들렸고 퍽퍽 매질하는 소리가 났다. 우리는 사과나무 아래에 몸을 웅크리고 숨었다. 숨을 죽이며 소리 나는 쪽으로 귀를 열었다. 잘못했다고 용서를 비는 소리와 크게 혼내는 동네 오빠들의 음성이 들렸다. 혼쭐나는 친구들은 모두 남자아이들이었다.

사과 서리를 멈추고 쪼그리고 앉아 하늘을 쳐다보았다. 사과나무에 시커먼 달이 걸렸다. 하늘빛이 급하게 변하고 사위는 고요했다. 마치 우리를 나무라는 것 같았다. 남자아이들이 걱정되었다. 한참을 혼나더니 동네 오빠들은 돌아갔고, 친구들의 흐느끼는 소리도 잦아들었다. 우리는 그제야 나무 아래서 나왔다. 서리한 사과를 나무 아래 두고 과수원에서 벗어났다. 바로 동네 우물가에 갈 수가 없었다. 여자아이들은 동네를 빙 돌아 늦게 우물가에 갔다. 거기서 한참을 남자아이들을 기다렸다.

빨래터에 비치는 달빛에도 겁이 났다. 훤한 달빛에 선뜻 나오지 못하고 나무 뒤에 한참을 숨어 있었다. 숨소리조차 죽이며 남자친구들을 걱정했다.

발 없는 소문이 동네를 몇 바퀴 돌았다. 같이 사과 서리를 갔지만 여자아이들의 이야기는 쏙 빠졌다. 지난밤에 남자아이들이 숙이네 사과 과수원을 서리한 이야기만 소문이 돌았다. 며칠 동안 남자아이들이 보이지 않았다. 동네 선배들한테 서리하다 들켜서 맞았다는 이야기만 골목을 가득 채웠다.

시골 마을에서 같이 자란 우리 또래는 남자보다 여자가 더 많았다. 주로 여자들이 주도해서 온 산천을 돌아다닌 것 같았다. 그날 밤 사과 서리를 하자는 이야기도 아마 여자 친구들이 먼저 꺼냈지 싶다. 그런데 벌을 받은 것은 남자친구들이었다. 아무도 그날의 일에 대해 변명이나 원망하지 않았다.

첫서리는 그렇게 막을 내렸다. 과수원 주인집 숙이를 앞세우고 사과를 서리했지만, 숙이네와 관련 없는 동네 오빠들에게 들켜 남자친구들이 혼나는 사건이었다. 남자친구들은 여자친구들이 꼬드겨서 그랬다고 불지 않았다. 달도 우리의 소행을 빤히 내려다보았지만 고자질하지 않았다.

남은 사과를 다시 입에 넣는다. 사과즙이 쪼르륵 흘러내린다. 달콤하고 살벌했던 추억이 생각나 남은 사과 전부를 먹는다. 가끔은 이렇게 넘치게 과일을 먹는 것도 괜찮을 거야.

내 친구 숙이들은 지금 무엇을 하고 있을까, 비밀은 지키는 것이라는 것을 알려준 남자친구들은 또 어디서 무엇을 하고 있을까. 사과 서리에 관한 기억의 한 페이지를 공유하고 있으려나.

# 木
## -나무가 들려주는이야기-
이순혜 수필집

**초판 인쇄** | 2023년 4월 24일
**초판 발행** | 2023년 5월 04일

**지은이** 이순혜
**펴낸이** 노용제
**펴낸곳** 정은출판

**출판등록** | 2004년 10월 27일
**등록번호** | 제2-4053호
**주　　소** | (04558) 서울시 중구 창경궁로 1길 29 (3층)
**대표전화** | 02-2272-9280
**팩　　스** | 02-2277-1350
**이 메 일** | rossjw@hanmail.net
**홈페이지** | www.je-books.com

* 본 서적은 2022년 한국예술인복지재단 창작지원금으로
　발간되었습니다